Un lugar soleado
para gente sombría

Mariana Enriquez

Un lugar soleado para gente sombría

EDITORIAL ANAGRAMA
BARCELONA

Ilustración: «La cama inglesa», © Guillermo Lorca

Primera edición: marzo 2024
Undécima edición: mayo 2024

Diseño de la colección: Julio Vivas y Estudio A

© Mariana Enriquez, 2024
CASANOVAS & LYNCH AGENCIA LITERARIA, S. L.
info@casanovaslynch.com

© EDITORIAL ANAGRAMA, S. A. U., 2024
Pau Claris, 172
08037 Barcelona

ISBN: 978-84-339-2286-1
Depósito legal: B. 1173-2024

Printed in Spain

Liberdúplex, S. L. U., ctra. BV 2249, km 7,4 - Polígono Torrentfondo
08791 Sant Llorenç d'Hortons

Hoy me dio tristeza, sufrí tres tipos de miedo,
acrecentados por un hecho irreversible: ya no soy
joven.

ADÉLIA PRADO

A wound gives off its own light.

ANNE CARSON

*Doesn't have arms, but it knows how to use
them. Doesn't have a face, but it knows where to
find one.*

THOMAS LIGOTTI

MIS MUERTOS TRISTES

Ahora es tiempo de que ustedes vuelvan.
Ya se fueron suficiente tiempo.

LYDIA DAVIS,
Ni puedo ni quiero

Primero, creo, debo describir el barrio. Porque en el barrio está mi casa, y en la casa está mi madre. Una cosa no se entiende sin la otra. No se entiende por qué no me voy. Porque puedo irme. Puedo irme mañana. El barrio ha cambiado desde mi infancia. Solía ser viviendas para obreros construidas en los años treinta en calles angostas; casas de piedra, hermosos jardines pequeños y ventanas altas con persianas de hierro. Se puede decir que los propios vecinos las fueron arruinando con sus innovaciones: los aires acondicionados, los techos de tejas, algún piso más arriba construido con materiales diferentes, revestimientos y pinturas exteriores de colores ridículos, o la eliminación de las puertas de madera originales reemplazadas por otras más baratas. Pero, además del mal gusto, el barrio se tornó isla. De un lado nos limita la avenida: es como un río feo, se cruza, no hay mucho en sus orillas. Pero al sur tenemos los monoblocs que se fueron volviendo más y más peligrosos, con los chicos que venden paco en las escaleras y a veces se tirotean si hubo alguna escaramuza o si simplemente están de malhumor porque perdieron un partido de fútbol. Al norte había un parque donde

9

iba a construirse no sé qué centro deportivo que nunca se llevó a cabo y ahora el predio está ocupado por casas pobrísimas; las mejores, de ladrillo hueco, y las más precarias, de chapa y cartón. Los monoblocs y esta villa se comunican. Entiendo lo que pasa: cuando la miseria acecha de la forma en que acecha en mi país y en mi ciudad, si hay que recurrir a lo ilegal para sobrevivir, se recurre. Se gana más dinero que en un trabajo legal. Además, no hay tanto trabajo legal, para nadie. Y si vivir mejor implica un riesgo, bueno, hay mucha gente dispuesta a tomarlo.

La mayoría de mis vecinos, los de esta isla de casitas construidas cuando el mundo era otro, no creen lo mismo. Quiero aclarar: yo también tengo miedo. Yo tampoco quiero que me atrape una bala perdida, a mí o a mi hija cuando viene de visita (poco), ni que me roben sistemáticamente en la parada del colectivo o cada vez que el auto se ve detenido por la luz roja en la esquina de los monoblocs. Yo también vuelvo llorando cuando un adolescente enarbola un cuchillo y me arrebata el teléfono. Pero no quiero matarlos a todos. No creo que sean lacras y negros y extranjeros y descartables e irrecuperables. Mi exmarido, que vive en la Patagonia y trabaja en una empresa petrolera, me dice que los vecinos están asustados. Yo le digo que el fascismo en general empieza con miedo y se transforma en odio. Él me dice que venda la casa y que me mude al Sur, cerca de él. Estamos separados, pero somos amigos. Siempre fuimos amigos. Su nueva mujer es adorable. Yo suelo poner por excusa a Carolina, nuestra hija, pero es solo una excusa. Carolina vive lejos de mí y de esta casa y trabaja como productora de moda en una revista de páginas satinadas. No me necesita.

Yo me quedo porque mi madre vive aquí. ¿Una muerta puede vivir? Está presente, entonces. Desde que la descubrí entiendo mejor la palabra. La presentí antes de verla.

Mi madre fue una mujer feliz hasta que se enfermó de cáncer y vino a mi casa a morir. La agonía fue larga, dolorosa e indigna. No siempre es así. El enfermo sabio que desde su cama, ya sin pelo y con la piel amarillenta, imparte lecciones de vida es una romantización ridícula, pero es cierto que hay personas que sufren menos. Se trata de fisiología y también de temperamento. Mi madre tenía reacciones alérgicas a la morfina. No podía usarla. Tuvimos que recurrir a analgésicos inútiles. Murió gritando. Una enfermera y yo la cuidamos todo lo que pudimos. No pudimos mucho. Soy médica, pero hace rato que no trabajo con pacientes y prefiero ser administrativa en una empresa de medicina privada. A los sesenta ya no tengo ánimo, paciencia ni pasión. También es cierto que durante mucho tiempo negué (la negación es una droga poderosa) lo que tuve que asumir con mi madre. Hay fantasmas que se me presentan. Que me buscan. No los veo yo sola: en el hospital, las enfermeras salían corriendo. Yo las tranquilizaba, les decía «chicas, están sugestionadas».

La escuché gritar una mañana, a mi madre. No una madrugada, no durante la noche: a esa hora llena de luz, tan extraña para un fantasma. Las casas del barrio, aunque bonitas, están muy cerca, a la manera de las *semi-detached* británicas: fueron construidas por empresarios ingleses del ferrocarril para sus trabajadores. Mi vecina Mari, que nunca sale de su casa porque tiene terror a que le roben y la maten y quién sabe qué otras fantasías fóbicas, se asomó desde su ventana, que da a mi pequeño jardín delantero, con los ojos desorbitados justo cuando yo salía para verificar que no hubiese nadie en la calle, un acto reflejo tonto empujado por mi propio pánico: no podía creer estar escuchando los gritos de mi madre muerta. Pensé que, quizá, se trataba de alguien en la calle. Un accidente, una pelea. Mari también recordaba los gritos verdaderos de mi madre y estaba estupefacta, helada.

–Es la televisión, Mari, métase adentro –le dije.

–¿Es que usted se da cuenta del parecido, doctora?

–Mucho. Estoy muy impresionada.

Y entré.

Como no sabía qué hacer, me puse a buscar la fuente de los gritos por la casa y a pedir, como si rezara, que bajase el volumen. No le pedí que dejara de aullar: que fuese más discreta, eso le pedía. Se lo había pedido a otros fantasmas en el hospital antes, en una clínica después. A veces funcionaba, este ruego. Mi madre siempre tuvo sentido del humor, así que el pedido de bajar el volumen la hizo reír. No la encontré ese día, que me tomé libre en el trabajo, pero sí por la noche, sentada en el piso de la habitación donde había muerto, ahora convertida en un depósito de muebles que nunca me tomo el tiempo de tirar o regalar. Estaba delgada, pero como al principio de su cáncer; no era esa mujer seca y afiebrada de los últimos meses. No quise acercarme: apoyada en la puerta, con las rodillas temblando, le canté. Y mientras cantaba me dejé caer hasta que quedamos las dos frente a frente, sentadas, yo con las piernas cruzadas, ella sobre sus rodillas. Era la canción que la tranquilizaba cuando el dolor era insoportable, o al menos eso elegía creer yo. Esa noche no gritó.

Pero los fantasmas, aprendí, se fastidian. No sé qué piensan, si es que piensan, porque más bien repiten, y las repeticiones parecen actos reflejos sin pensamiento, pero sí que hablan y sí que opinan y sí que tienen arranques de malhumor. Mi madre anda por la casa, a veces siente mi presencia, a veces no. Y de vez en cuando parece que le vuelve la furia. La de su cuerpo degradado, la del ano contranatura y la humillación; ella había sido elegante, recuerdo que lloraba «el olor, el olor». Era peor que el sufrimiento físico, a veces. Entonces grita. A veces son gritos de pura rabia. Yo tengo varias formas de tranquilizarla que no tiene sentido enumerar aquí.

Lo interesante es lo que empezó a pasar en el barrio. Entonces me di cuenta de que ni yo estaba loca –lo pensé: cualquiera que ve a su madre muerta subiendo una escalera lo piensa– ni ella era una fantasma única.

Mis vecinos hacen reuniones de «seguridad». No consiguen mucho. En el barrio hubo algunas invasiones a casas, robos violentos, le pegaron a una anciana. Es horrible lo que pasa. Pero ellos son todavía más horribles. En las reuniones gritan que pagan sus impuestos (es parcialmente cierto: la mitad evade lo que puede, como todo argentino de clase media), que se compraron armas y hacen cursos para usarlas, y describen las maneras en que piensan que la policía debe actuar: siempre proponen el asesinato, el insulto, el ejemplo medieval o el ojo por ojo o cosas por el estilo. Hay un hombre mayor, un poco más que yo, a quien no conozco, que dice que es necesario exhibir las cabezas de estos «negros» en picas, como en la época de la Colonia. Nadie lo censura, nadie siquiera pone los ojos en blanco. Todas las reuniones terminan con el recuerdo de los buenos abuelos de los vecinos, esos inmigrantes europeos que vinieron con una mano atrás y otra adelante, que llegaron para trabajar honestamente, que eran pobres pero dignos. Otro mito. Los inmigrantes de aquella época eran, en muchos casos, pobres y ladronzuelos, otros eran anarquistas perseguidos por la policía, en gran parte se convirtieron en comerciantes deshonestos que preferían ganar dinero antes que plantearse cualquier tipo de responsabilidad ética. Pero ya no discuto, si alguna vez discutí. Estoy resignada a ese sentido común que comparten. El sentido común es una mentira, pero discutir una mentira creíble es una empresa de titanes.

Voy a las reuniones porque quiero enterarme de lo que planean. No quiero que un día cierren la calle y no saberlo de antemano. Ya me pasó con una alarma que disparé sin querer cuando me apoyé en una puerta para chequear los mensajes en mi teléfono. También colocaron una cámara en mi casa sin mi permiso, pero debo reconocer que el artefacto me viene bien. Al menos puedo ver si alguien intenta romper la cerradura. De hecho, ya lo intentaron un par de veces. Ahora la cámara se rompió y no encuentro el tiempo de arreglarla. Me parece escuchar la voz de mi hija: «Mamá, por terca te van a matar y te voy a encontrar muerta yo y espero que tengas plata ahorrada para mi terapia porque de la mía no gasto».

La reunión de emergencia convocada a mediados de julio resultó un zafarrancho infernal.

Lo que había pasado era horrible y teníamos a las cámaras de televisión, de canales de aire, de cable y de cualquier medio por todo el barrio. Tres chicas, adolescentes, volvían de una fiesta, de madrugada. Para llegar a los monoblocs debían cruzar el barrio. Alguien les disparó desde un auto. Ni tuvieron tiempo de correr. Murieron en la calle. Como eran muy chiquitas, las tres de quince años, iban de la mano y amontonadas para poder ver los mensajes en la pantalla del teléfono. Así aparecen en la foto: amontonadas pero caídas, una sobre otra, con sus remeras cortas que dejan ver sus estómagos planos, las calzas ensangrentadas y las zapatillas nuevas. Una tenía la cara destrozada de disparos y miraba la copa de un árbol con lo que le quedaba de ojos. Las otras, debajo, se desangraron en el lugar. Cuando fue llamada la reunión de vecinos, aún no había detalles sobre los asesinos, pero por las características lo ocurrido parecía obvio: las chicas debían ser hijas o parientes o algo de un delincuente más o menos importante: un pirata del asfalto, un mininarco, un regenteador de mujeres. Esa persona le debía dinero a alguien, o había ofendido a alguien: era una venganza. Los días confirmaron la teoría de los vecinos. En la esquina donde mataron a las chicas se puso un cordón policial amarillo, pero alrededor empezaron a aparecer ramos de flores y corazoncitos de cartón y osos de peluche, un altar callejero con ofrendas más adecuadas para niñas que para adolescentes.

Las vi un atardecer, cuando volvía del trabajo. El taxi me deja en esa misma esquina, la del cordón policial y los regalos que las recuerdan. «Lu, te queremos siempreeeeee.» «Justicia para Natalia.» «Mi angelito, te fuiste demasiado pronto.» Venían sacándose fotos: las tres cabezas apretadas para entrar en foco, las lenguas con piercing afuera (¿por qué les gusta sacar la lengua a las chicas?), una segunda tanda de fotos con los labios haciendo trompita, esa sensualidad demasiado temprana que se ve falsa, y que se veía especialmente morbosa en sus fotos verdaderas usadas por los informes periodísticos, fotos robadas de Instagram o de TikTok, según me explicó mi hija: yo no entendía esas imágenes con nariz de perro u orejitas de conejo y entonces me enteré de que eran «filtros».

Las chicas fantasma venían riéndose. A esa hora, ya casi de noche, mi barrio está desierto. La noche es oscura y llena de terrores, dice una sacerdotisa en la serie épica que mira mi hija con verdadera locura fanática y con la que no me puedo enganchar porque tiene demasiados personajes (la violencia de la serie, que a otros los perturba, a mí no me molesta). Las chicas fantasma no podían conectar el flash y eso les daba más risa. Eran increíblemente compactas, no hay otra manera de explicarlo. Pare-

15

cían chicas vivas haciendo las cosas que las quinceañeras hacen: ignorantes de lo que pasa a su alrededor, vestidas con ropa un talle o dos más chica que la adecuada para sus cuerpos, el pelo teñido de colores, un remolino de empujones y mechas azules, verdes, negrísimas. Las ventanas del barrio se empezaron a abrir tímidamente y el silencio sonó como un disparo. Alguien de una casa que estaba justo donde las chicas pasaban gritó. Yo las tenía a cincuenta metros de distancia, pero ya podía verlas bien y comprendí: a una le sangraba el cuello. La sangre manaba despacio, chorreaba, ella se la limpiaba distraída como si fuese agua de lluvia o cerveza que algún jovencito le había tirado encima en una fiesta. La otra, la de la cara destrozada, sacaba fotos despreocupada; y la más menuda, delgada hasta la enfermedad, tenía tres manchas rojas en el vientre. No quise mirar más, me recordaba a mi madre, su cáncer, su flacura moribunda.

Entonces las chicas se pusieron a mirar las fotos que habían sacado. Y lo que vieron las hizo llorar. «No, no, no», decían, y sacudían las cabezas, se miraban entre ellas, miraban las fotos y veían el verde marrón de la podredumbre, la sangre, los disparos que dejaban ver los huesos, los ojos ciegos. Las fotos rompían el hechizo de amistad y vida eterna de los quince. Después del llanto, empezaron las corridas. Las chicas fantasma corrían desesperadas y el ulular era de verdad aterrador. La desesperación del desconcierto. ¿Acaso se sabían muertas recién en ese instante? Qué injusto: los muertos tienen la suerte de no ver cómo se descomponen. Incluso los fantasmas. Mi madre, por ejemplo: su imagen no se pudre. Hay distintos tipos de fantasmas. Me pregunto si esa imagen emana de ellos mismos o de quienes los vemos. Si son o no una construcción colectiva.

16

Los vecinos empezaron a gritar también. Era la locura. Doscientos metros de locura. Escuché que alguien se desmayaba y algún otro clamaba por una ambulancia, pero ¿quién iba a llamarla con las chicas ahí, podridas bajo la hermosa luz dorada del atardecer? Una de ellas, la de la sangre que le corría desde el cuello –los disparos le habían abierto la arteria–, me recordó a Carolina. No sé por qué. No por la ropa: esa chica vestía las remeras y calzas baratas que se consiguen en el barrio, quizá incluso en el supermercado. Pero algo en cómo llevaba esa ropa ordinaria que tenía puesta me recordaba la elegancia insólita de mi hija (digo «insólita» porque yo no tengo la gracia de comprender qué color va con cuál ni qué pantalón logra que mis piernas parezcan más largas). Sí, su calza era barata, de licra negra, pero usaba una camisa blanca muy bonita que le caía sobre las nalgas y, con unas zapatillas grandotas, posiblemente de varón, el conjunto tenía un estilo –un *urban chic*, diría mi hija– muy particular. Las zapatillas eran de un azul francia descarado y alrededor del cuello ensangrentado colgaba una cadenita con un pendiente estilo victoriano que rompía lo callejero con un toque irónico. Al describirla copio, creo, el estilo de mi hija, que a sus producciones de moda siempre les agrega una breve nota explicativa. Quizá porque me hacía acordar a Carolina me les acerqué. Claro que tenía miedo, el corazón me saltaba en la boca del estómago como si se hubiese corrido de lugar. Y ya no tengo edad para estos sobresaltos: ya estoy en riesgo de que una arritmia se vuelva incontrolable, incluso de una angina de pecho. Además, los vecinos miraban. Pero no podía dejarlas así. ¿Sabía que era capaz de calmarlas? Lo sabía. Estas cosas se saben. En el hospital, cuando tranquilicé a mis primeros fantasmas hace ya más de diez años, también lo sabía. Pero en el hospital no se tranquilizaban mucho. Eran demasiados y se potenciaban. El contagio y la histeria también funcionan entre los espíritus, es bien curioso. Por supuesto, nadie jamás va a estudiar esto porque nadie lo creería. A mí misma me da vergüenza. Pienso en el tema y recuerdo los programas del cable, vergonzosos en su falsedad, en su armado, sobre médiums de Hollywood y cazadores de fantasmas, por ejemplo. Programas de televisión de la crisis de ideas y de la crisis económica, hechos con malos actores y peores guiones, todos idénticos, todos ignorantes, ni siquiera entretenidos. Yo no soy eso, me digo, pero también soy eso, de alguna manera. Llamé a las chicas por su nombre, lo que bastó para que me miraran. No para que dejaran de gritar. Para eso hizo falta conversar con ellas. Pedirles que borraran las fotos. Les costaba obedecer, a todos les cuesta. Y después invitarlas a seguir adelante. Hacerlas reír un poco. Hablarles de la ropa. Preguntarles de qué fiesta venían. Nunca hablar del crimen. Gritaron un poco más cuando vieron el recordatorio y la cinta policial, pero enseguida los gritos se desvanecieron en llanto y abrazos, lágrimas de autocompasión hasta que ellas también se desvanecieron o, mejor, se diluyeron, sus imágenes se volatilizaron como si hubiesen estado pintadas con acuarela o como se evapora el alcohol.

Tuve que sentarme en el cordón un segundo. Pronto vino el vecino Julio, muy amable; alguna vez tuvo un bar precioso en una de las esquinas del barrio, pero no pudo seguir alquilando el local, demasiado caro, demasiado caras las bebidas y la comida y pocos clientes, en fin, la historia de los restaurantes y bares que funden, que a mí me dan una infinita tristeza y por eso le tengo a Julio más afecto del que quizá se merece.

—¿Qué hizo, doctora?

—Es Emma, Julio, decime Emma, por favor.

—¿Qué hizo, Emma?

La pregunta se repitió semanas. Hubo reuniones semi-secretas entre los que habían visto lo sucedido. Después las reuniones se ampliaron hasta abarcar a los que no estaban presentes. Por supuesto, hubo muchísima desconfianza e incredulidad. Yo estaba agotada. Les conté sobre mi madre. Mi vecina Mari dio fe de la veracidad de la historia, pero me recriminó que aquella vez le mentí diciéndole que los gritos eran de la televisión.

—Mari, ¿qué quería que le dijera? Yo también tenía miedo. Pensaba que estaba loca.

Eso no era cierto, no del todo. Una sabe cuándo se vuelve loca y no ocurre de un día para otro, ni siquiera como consecuencia de un trauma. Todo, todo en el cuerpo es un proceso. La muerte también.

Los vecinos me empezaron a buscar en secreto. Avergonzados. La epidemia de fantasmas —porque era eso— coincidía con el peor momento del barrio. Quien ordenó el crimen de las tres adolescentes ahora comandaba los negocios en los monoblocs y, como aterrorizaba a la gente, los robos habían escalado hasta el secuestro. Un tipo de secuestro particular: lo llamaban «exprés». La víctima era atrapada con un auto y llevada de recorrida por cajeros de banco hasta reunir una cantidad que los ladrones consideraran aceptable. A veces los exprés terminaban con violencia, muchos golpes, violaciones, incluso algún disparo, todo por un malentendido increíble: los ladrones, en la mayor parte de los casos muy jóvenes, no estaban bancarizados. No tenían trabajo; por lo tanto, no tenían cuenta en el banco. Así, ignoraban el mecanismo de retiro de dinero en los cajeros automáticos de la Argentina. Por una cuestión de seguridad, el monto permitido para extracción es muy bajo. Unos 25.000 pesos por día, el doble si el dueño de la tarjeta es socio del banco de donde saca dinero. Si alguien tiene más de una cuenta, puede aumentar la cifra sacando de dos bancos distintos. Pero si no, pues bien, es un monto muy magro. Y los ladrones, estos chicos excitados y asustados, quieren más. Y como no entienden lo que es extraer dinero porque nunca lo hicieron, creen que se les miente. Que se los desprecia o se los quiere engañar. «¿Te creés que soy un boludo vos? Ya vas a ver.» Y entonces el golpe, el culatazo, el pánico. A mí todavía no me lo hicieron, pero pasa seguido y también le pasa a la gente que vive en los monoblocs, y lo aclaro porque no quiero ser injusta, de ninguna manera son todos delincuentes en los monoblocs, hay mucha gente que tiene un departamento ahí de la misma manera que yo tengo una casa acá y nadie puede o quiere mudarse y eso es todo.

El primer vecino llegó justamente cuando yo charlaba con mamá. A veces converso con ella. Está ahí, después de todo, y aunque no habla, sí me mira, y a veces asiente. Si no está furiosa, se ríe. Es una lástima que no hable porque podríamos pasarla mejor. A mis amigas no las invito a casa por si aparece mamá. Y mi hija viene cada vez menos, pero no es su culpa, tiene mucho trabajo. En este país es mejor que aproveche: nunca se sabe cuánto puede durar un empleo, si uno está al borde de ser echado o no (la orden de despedir personal puede ser repentina), y conseguir otro puesto resulta en una espera de años. Mejor mitigar esa espera con un buen ahorro. Hablamos por teléfono, chateamos. Ella no sabe lo de su abuela. Se lo diría, pero para qué. Por ahora no hace falta.

El primer vecino fue Paulo. Tiene dos hijas chicas, van a la primaria. La mujer «sufre de los nervios», es decir, tiene ataques de pánico. Paulo tiene un hermano en Estados Unidos y en las reuniones se la pasa hablando de qué bien viven allá, qué país seguro es. Yo no lo corrijo. Ya dije que no me gusta pelear. Paulo dio muchas vueltas antes de contarme su problema. Hasta me pidió si podía fumar y se sorprendió cuando le di permiso. Para aflojar la tensión le dije: «Usted sabe que la mayoría de los médicos fuman. Demasiado estrés».

El problema de Paulo, entonces: hacía unos tres meses, un ladrón había intentado ingresar a su casa. Por el techo. Sabía que era un ladrón porque venía con una pequeña pistola. Una 22. Lo vieron: Paulo encerró a su mujer y a las nenas, buscó un martillo –él no era de los que habían comprado armas– y se preparó a llamar a la policía. Pero entonces vio, por la ventana del primer piso donde estaba, cómo el ladrón resbalaba y caía al patio desde el techo. Entonces recordé lo sucedido, había sido tema de conversación en una de las reuniones de vecinos: se había pedido más presencia policial a la comisaría 9, la que nos corresponde. El ladrón murió por el golpe. No le pregunté a Paulo si lo dejó morir, pero creo que así fue. Estoy segura de que el hombre cayó del techo y quizá se habría salvado si la ambulancia hubiera llegado a tiempo. Puedo ver a Paulo mirándolo morir desde la ventana, con su martillo en la mano, sintiéndose un dios barrial con el poder de decidir sobre la muerte de otro. ¿Yo hubiese hecho lo mismo por salvar a mi familia? Puede ser. Es fácil pensar con ética cuando lo que amamos no está en peligro. Me gusta imaginar que no lo hubiese hecho, sin embargo. Soy una persona biempensante. Prefiero la ingenuidad y el paternalismo antes que el odio.

Como sea: el ladrón volvía. Lo escuchaban caminar por el techo. La mujer lo había oído primero y él, Paulo, no le había creído. Después de todo, sufría de los nervios, la pobre. Hasta que escuchó él mismo los pasos. Y entonces lo vio caer una vez más hacia el patio. Sin ruido. Eso hace su fantasma ladrón: camina y cae, camina y cae. Desde el suelo, me dijo Paulo, «se nos caga de risa».

Acepté ir una noche. La mujer que sufre de los nervios aprovechó para mostrarme la medicación que le recetan. Grosso modo, me pareció demasiada cantidad, pero sé que los médicos de ahora prefieren prescribir de más a hacer un tratamiento integral. Me ofrecieron cenar con ellos, salchichas con puré («por las nenas», explicó la madre, «no comen otra cosa»), pero yo ya había comido en casa. Esperé. Los pasos llegaron cuando las criaturas estaban en la cama, afortunadamente. Decidí que mi trabajo empezaría cuando el fantasma hubiese caído: una vez finalizada su ronda nocturna.

Unos minutos con él lo disuadieron. No importa qué le dije, qué hice: llega un momento en que resulta muy mecánico. Este era mi tercer encuentro con fantasmas revueltos, pero en realidad ya había tranquilizado a los otros, a mi madre y a las chicas asesinadas, muchas veces. Yo no envío a los fantasmas a ninguna parte, ni buena ni mala. No hay paz ni cierre. No hay reconciliación. No hay pasaje. Todo eso es ficción. Solo los tranquilizo y evito que reincidan con una frecuencia inaguantable para los vivos, por un tiempo. Pero vuelven, como si se olvidaran y hay que volver a empezar. ¿Por qué será? Recuerdo que, con mi marido, recién casados, teníamos una gata preciosa, de nariz negra, toda blanca, que siempre parecía olvidarse de que los fines de semana la agasajábamos con un atún especial, más caro, que le gustaba mucho. Cuando yo me preguntaba si no tendría algún problema de memoria, mi marido me decía: «No, es que tiene un cerebro chiquito. ¿No ves lo chica que es su cabeza?». ¡Es que su cara era tan inteligente! Y los fantasmas son un poco así. Parecen humanos, parecen inteligentes, pero sin embargo son un filamento obligado a repetir. No tienen cerebro, pero tienen algo que podríamos denominar «pensante». Sucede que es igual de chiquito que el de mi gata, que se llamaba Florencia y ronroneaba entre mi marido y yo todas las noches, antes de dormir. Extraño a mi marido, pero no como pareja. Extraño su amistad, sus charlas, su comida (es un excelente cocinero). Pero él necesita enamorarse y cuidar, y yo necesito estar sola.

Después del fantasma del ladrón vinieron otros. Por qué esta invasión, le pregunté una vez a mi madre, y ella pareció escuchar atenta. No me contestó, no puede, pero yo sabía la respuesta: el barrio no estaba invadido. Era yo. Yo los atraía. Por eso no tenía sentido irme salvo que aprendiera cómo arrancarme el imán. Pero el imán no me molestaba. El miedo se transformó muy pronto en adrenalina. Cuando pasaban muchos días sin que un vecino tocase la puerta, ya empezaba a impacientarme.

Pero esta historia importa solamente por un fantasma en particular, con el que actué diferente. Al que no pude o no quise ayudar. ¿O es a los vecinos a quienes ayudo? Todo está mezclado.

Mi hija cumple años el 23 de diciembre. Ese año, quizá porque nos habíamos visto poco, me invitó a su fiesta más «íntima» (había hecho otra, con amigos, el fin de semana anterior: ella no es supersticiosa, le da igual festejar con anticipación) y me ofreció quedarme para la Navidad y hasta Año Nuevo con ella, si quería, en su departamento de Palermo. Sabía que tendría invitaciones a fiestas para el Año Nuevo, así que decliné esa invitación, pero sí acepté la de Navidad y algunos días más. Dejé la casa con un bolso y viajé en taxi: había vendido el auto. No estaba vieja, pero tampoco tan joven como para manejar con la atención requerida en una ciudad como Buenos Aires. Los días con mi hija estuvieron muy bien. Peleamos poco y nos reímos mucho. Vimos su serie épica y medio me enamoré de Ned Stark, un espécimen de esos que nunca tuve, de mandíbula cuadrada y espalda de bestia. Además, no era tanto más joven que yo, el actor. Unos diez años, calculé. Una noche estuve a punto de contarle sobre mis habilidades espiritistas de la vejez, cuando abrimos un champán y lo tomamos muy frío, con helado de limón, ideal para el calor húmedo y el agobio de la ciudad. Pero tuve miedo de arruinar días casi perfectos. Ella tenía derecho a creerme demente. Así que volví el 29 por la tarde a mi casa, en subterráneo, porque cruzar la ciudad era un despropósito: a las habituales protestas de fin de año se le agregaban varias más: los estatales pidiendo aumento, los piqueteros cortando las avenidas (el reclamo: bolsas de comida), los despedidos frente al Ministerio de Trabajo (el pedido: reincorporación) y una marcha clamando seguridad muy grande frente al Congreso. Habían asesinado a un adolescente de dieciséis años, Matías y un apellido italiano. Aparentemente lo habían secuestrado. Un secuestro exprés, solo que, como el chico era menor, no tenía tarjeta de banco, entonces los captores cambiaron de idea y decidieron pedirle plata a la familia. La familia no tenía dinero. Esa misma noche, todavía en el auto –no debían saber adónde llevarlo– el chico se les escapó. No llegó muy lejos y lo fusilaron en la villa cercana a mi casa, la que nos cerca por el norte, la que alguna vez iba a ser un campo de deportes y después fue un descampado y ahora es un barrio que aunque amenazan con desalojar es probable que nunca lo hagan. ¿Adónde van a mandar a la gente? Algunas casitas, además, ya son de ladrillo bueno y tienen piso de arriba. Hace poco, yendo a comprar, vi que abrieron un kiosco y una heladería. Se hicieron detenciones en la villa, pero aparentemente los captores no eran de ahí. En la televisión pedían la pena de muerte, como siempre que ocurre un crimen espantoso. Extrañamente y a pesar de que el asesinato había sido en un lugar tan cercano, los vecinos de mi barrio no llamaron a una reunión de urgencia. La esperé durante unos días (el mensaje en el teléfono, a veces el papel pegado con cinta scotch en la puerta), pero no hubo nada más que silencio, las miradas bajas en la verdulería, cierto apuro en la compra de cigarrillos en el kiosco. Lo atribuí a los nervios, aunque en general mis vecinos no reaccionan con este estado tenso, sino con una ansiedad agigantada y gritona.

Los golpes en la puerta me despertaron. Era tarde, lo supe antes de mirar el reloj: desde muy joven me acuesto de madrugada, una costumbre de las guardias en el hospital que nunca pude sacudirme. Eran golpes sutiles: llamaban a la puerta. Decidí ignorarlos. Pero continuaban, rítmicos, insistentes, con creciente urgencia, hasta que me di cuenta de que ahora golpeaban con los dos puños como si quisieran tirar la puerta abajo. Tuve miedo. Pensé en cerrar la puerta de mi habitación, pero, claro, no tenía llave. ¿Qué podía interponer entre quien quería entrar y yo? ¿Debía llamar a mi vecina Mari? ¿A la policía? Me senté en la cama y, cuando escuché los susurros, el sudor de mis manos se heló, pero, al mismo tiempo, me tranquilicé: los golpes no eran de una persona real. Su voz baja, su súplica, no podía llegar hasta mí desde la puerta de la calle. «Por favor, ábreme», decía. Me trataba de usted. Hablaba con respeto. «Por favor, me estoy escapando. No quiero robar, no soy ladrón, me tenían secuestrado. Por favor, ábreme, que me matan, me matan.»

Bajé la escalera corriendo y miré por la ventana. El chico estaba en la vereda. Un adolescente alto, bien visible

25

bajo la luz del poste. Estaba pálido como todos los muertos, pero no podía verle las heridas a pesar de que estaba vestido de verano, una remera blanca, pantaloncitos de fútbol, zapatillas. ¿Cómo lo habían matado? No podía recordarlo. Durante los días con mi hija había estado alegremente lejos de las noticias y la televisión. Entonces aquí estaba Matías de apellido italiano, muerto a cuadras de mi casa, y yo no sabía por qué tocaba la puerta ni me había enterado de que su asesinato había sido tan cerca.

Aunque eso podía intuirlo. ¿El silencio de mis vecinos estaba relacionado con esta aparición? Claro que sí, me dije. Y en más de un sentido.

El adolescente Matías dejó de tocar la puerta. Se acercó a la ventana y en sus ojos, vivos, totalmente vivos, con algo de insecto, ese brillo zumbón de los escarabajos, vi la venganza y la furia. No le tuve miedo porque sabía que no podía concretar esa venganza en el mundo material, pero la frustración de no poder actuar le agregaba capas a su ira, capas sin fin. Iba a pasarse lo que tuviera de tiempo (y sospecho que Matías de apellido italiano tenía todo el tiempo que existe) recorriendo esta calle. Hasta que no existiese más la calle, si era necesario. No iba a dejar dormir a los que habían ayudado a matarlo nunca. Nunca.

–¿No vas a abrirme? –dijo. Su voz era clara, no muy diferente a la de una persona viva. Ya no hablaba con respeto.

Me acerqué a la puerta, usé la llave y la abrí. Matías se quedó en el umbral. Entonces le vi el disparo en la sien. Era sutil, como un lunar. No sangraba. Me recordó a los suicidas que solía recibir en el hospital. La mayoría eran hombres, la mayoría tenían su edad o unos años más, no todos eran tan precisos con el disparo, solían destrozarse la cara o tenían la costumbre de meterse el caño en la boca.

—Ahora es tarde —me dijo Matías.

Yo supe que no podía tranquilizarlo, no a este, y le dije en voz bien alta:

—¡No estaba esa noche en casa! Vos lo sabés. Te hubiese abierto.

—¿Sí? No te creo —dijo.

Una conversación, no solo contestar preguntas. Matías de apellido italiano podía tener conversaciones. ¿En qué se diferenciaba de los demás? Me quedé en el umbral con la puerta abierta y la luz encendida y lo observé. Continuaba. Corría de una casa a otra y golpeaba, golpeaba cada puerta. Primero despacio, después con los puños, al final a patadas. Primero pedía que le abrieran con ruego y gentileza y terminaba insultando, aterrorizado pero también asombrado en su enojo, en su desesperación. Mis vecinos encendían las luces pero nadie abría. Escuché a alguno gemir. Matías de apellido italiano siguió golpeando hasta que salió el sol. Recién entonces volví a entrar. Él no se saltó ninguna casa. Todas tuvieron su merecido.

Busqué su apellido italiano en internet. Cremonesi. Matías Cremonesi. Dieciséis años, estaba en la secundaria, jugaba al básquet —claro, con esa estatura— y lo habían fusilado en una pequeña cancha de fútbol de la villa. Uno de los asesinos había sido atrapado. Como es lógico, declaró que el arma la llevaba otro, ese otro que había disparado, y que solo lo habían hecho porque el chico, al escapar, les vio las caras. Y se conocían. Este asesino confeso era del barrio de monoblocs; Matías también. ¿Por qué secuestrar a un vecino? El secuestrador, un adolescente de diecinueve, dijo que no era la intención, que solamente querían que sacara plata de un cajero, «pero dijo que no tenía tarjeta, nos mintió, y ahí nos calentamos, estábamos un poco sacados».

27

Era verdad que no tenía tarjeta. A su edad nadie tenía cuenta en el banco y los padres no debían tener dinero ni tiempo para hacerle una extensión. Se manejaba con efectivo, como todos los pibes, como sus asesinos. Los otros, amateurs, no lo sabían.

Recibí la visita de mi vecino Julio, el del restorán fallido, ese mediodía. Los vecinos habían mandado a Julio porque sabían que me caía bien. Julio no dio rodeos como Paulo, el que había visto morir al ladrón. Fue concreto. No sentía culpa. Sí, todos habían escuchado al chico esa noche. Sí, todos pensaron que era un truco, una mentira de un ladrón inteligente que se quería hacer pasar por víctima para entrar en una casa. Sí, cuando espiaron por la ventana y vieron a un adolescente confirmaron la sospecha, ¿o acaso los ladrones no eran todos chicos? No me vengas con que son víctimas también, me dijo. Pensás así. Todos víctimas de esta sociedad. Dejate de joder, Emma. Yo no había abierto la boca. A vos porque nunca te robaron, no son víctimas de nada. Seguí sin abrir la boca. Entendí que intentaba manejar su culpa.

—¿Cuánto tiempo tocó las puertas? —quise saber—. ¿Cuánto tiempo pidió entrar?

Bajo el odio en su mirada de fantasma, Matías tenía el miedo impregnado, la adrenalina de su última noche cuando, además de morir, supo que estaba solo, que nadie iba a ayudarlo ni siquiera marcando un número de teléfono, que estaba rodeado de verdugos sin capucha, escondidos tras máscaras de clase media y buena vecindad.

Julio no quiso contestar. Dijo que no sabía. Bastante tiempo. ¿Importa?

Importa, le dije. Porque el chico está furioso. ¿Y qué voy a decirle para que nos deje en paz? ¿Que nos equivocamos? No le basta.

—Tenés que intentarlo.

—No —contesté—. No sé cómo.

—No querés. Pensás que sos mejor que nosotros. ¡Vos tampoco le hubieses abierto!

—Eso me dijo Matías anoche.

—No lo llames por el nombre.

—¿Por qué no? Tiene nombre.

—¿Y cómo vamos a dormir? ¿Y los chicos?

—Julio: lo hubiesen pensado antes. Compren hipnóticos. Yo se los puedo recetar. Es un medicamento muy noble, sin efectos secundarios.

Pasmado, Julio golpeó la mesa.

—¿Me tratás de estúpido?

—Para nada. Yo no soy sirvienta de ustedes. Estoy dispuesta a soportar esta presencia hasta que él cambie. Pero en general no cambian, sabés. Y podrías dejar de gritar en mi casa, no es la mejor manera de convencerme.

Julio se fue y se llevó consigo mi decepción. Pensaba que era una mejor persona. Otros vinieron a rogarme. Varios. Les dije que se fueran a llorar a la iglesia. Estaban enojados conmigo, pero se les iba a pasar: quizá se volvieran locos. Ninguno me pidió recetas para hipnóticos. La cantidad de sufrimiento que una persona es capaz de soportar cuando tiene prejuicios frente a las drogas psiquiátricas es algo que no deja de sorprenderme. O quizá no querían nada mío, al menos por ahora.

Matías volvió todas las noches a cumplir su rutina. Algunos vecinos gritaban más que él. Cuando me despertaba —pocas veces porque yo sí usaba hipnóticos—, chateaba con mi exmarido, que, allá en el Sur, también se desvelaba. «Es la edad», me decía. «Ya no duermo bien.»

Con los días, uno de mis vecinos, el remisero, se quebró. Declaró en la policía que Matías Cremonesi le había tocado la puerta de la remisería pidiendo, por favor, que lo llevara hasta su casa en auto, rogando ser pasajero. Pero Matías Cremonesi no tenía dinero encima y mi vecino el remisero le negó el viaje porque no podía pagarlo. Un viaje de setecientos metros, como mucho. Además, agregó, su aspecto no le había dado confianza. Parecía drogado. ¿Y si mentía, si quería robarle?

Qué podía robarle, pensé, si no tenía nada. Nadie usaba esa remisería. Mi vecino remisero se la pasaba tomando mate y escuchando fútbol. Debía hacer dos viajes por semana. Quizá tres. Tenía local propio: no hubiese podido mantener un alquiler.

Lamentaba mucho haberse equivocado, pobre pibe, pero ustedes no saben la inseguridad que vivimos en el barrio.

Le conté a mi marido que esa noche, cuando el barrio había dejado a Matías en la calle y en el peligro, la noche de su muerte, yo había dormido en casa de nuestra hija Carolina. «Pero», le escribí en el chat, «¿y si hubiese estado? ¿Le hubiera abierto la puerta? ¿O me hubiese comportado igual que los demás?» «Capaz no le abrías», me contestó. «Pero al menos hubieras llamado a la policía. ¿Ni eso hicieron?»

«Ni eso hicieron», le dije.

Nunca le conté que el fantasma del chico venía todas las noches a recordarnos nuestra miseria, nuestra mezquindad y nuestra cobardía. Era un secreto con mis vecinos. ¡Mi familia quedaba tan lejos! Salvo mamá, claro. Mi exmarido me ofreció, otra vez, ir a vivir con él y su mujer al Sur. «Ella está embarazada», me dijo. «Sos loco», le contesté. «A los sesenta años ya no estás en edad de ser padre.»

«Por qué creés que no duermo», me contestó.

«Lo voy a pensar», mentí.

La mujer de mi exmarido tiene un embarazo de riesgo y creo que a él le gustaría tenerme cerca para ayudarla en alguna emergencia o complicación. Pero yo ya no estoy del lado de los vivos. No puedo dejar sola a mi madre, que cada vez pasa más noches sentada en la cocina, como cuando estaba enferma y el dolor no la dejaba dormir. Ni a las chicas podridas que se ríen de la mano por la calle, aunque aparecen cada vez menos. ¿Adónde se irán, si se van del todo alguna vez? ¿O en esos largos periodos que desaparecen? El otro día, una de ellas, la que me hace acordar a mi hija, me sacó una foto con su Samsung fantasma. ¿Dónde estará mi imagen? ¿A quién se la muestran? No quiero abandonar tampoco al ladrón borracho que murió solo en el patio bajo la mirada de Paulo: a veces lo veo en los techos, expectante como un búho. ¿Planea algo? Tampoco quiero dejar solo al impiadoso Matías, aunque me odie: sus golpes son mi canción de cuna. No sé si podría dormir sin su visita. Todos ellos, mis muertos tristes, son mi responsabilidad. Le pregunté a mi madre si alguna vez Matías me dejará apaciguarlo, y ella hizo algo insólito: me sacó la lengua. Mi madre tiene puesto un vestido azul muy bonito, con estampado de anclas; parece una marinera vieja y experimentada. Le devolví el saludo sacándole la lengua también y nos reímos las dos, y me pregunté si voy a envejecer con ella en esta casa, madre e hija de la misma edad, subiendo y bajando la escalera, sentadas en la cocina, las anclas de su vestido, las manchas de café en mi camisa blanca, afuera un futuro de chicos muertos y una ciudad que ya no sabe qué hacer.

LOS PÁJAROS DE LA NOCHE

Bajo influencia de Mildred Burton

A orillas de este río, todos los pájaros que vuelan, beben, se sientan en las ramas y molestan como posesos con sus graznidos demoníacos durante la siesta, todos esos pájaros alguna vez fueron mujeres. Qué bronca cuando los vecinos y los turistas vienen a pasar el fin de semana a la playita y hablan de la paz que les trae la naturaleza, los vuelos en el cielo despejado del verano, los picoteos de las migas de pan que dejan caer cuando toman mate. No tiene sentido explicarles que las aves no son lo que parecen aunque podrían darse cuenta si las miraran a los ojos, directo a esos ojos fijos y enloquecidos que piden liberación.

Mi hermana Millie siempre quiere hablar con las pájaras. Ella conoce las leyendas, como yo, pero nuestra diferencia es radical porque Millie sabe el lenguaje de las cosas y de los animales; se pasa las tardes de calor con el ventilador al lado de la mesita donde dibuja, todos los días, su autorretrato porque, está convencida, ella también va a convertirse en pájaro. «No dejes que me transformen», me dice a veces, y llora sentada sobre la madera húmeda del piso de esta casona ridícula construida para protegernos de un frío y una lluvia que no existen en Paraná. Yo no

33

puedo ayudarla porque no sé quién tiene el poder de la metamorfosis, si es un dios malvado o si es una consecuencia de los actos dictada por la Providencia. En el autorretrato, Millie usa mi camisa celeste que tiene dibujos de cacatúas. No recuerdo habérsela prestado, pero ella toma lo que quiere, y además, si la acusara de robarme, sencillamente mentiría. Miente todo el tiempo. Suele decirme, por ejemplo, que yo no existo, que soy un retazo de su imaginación, que me vio por primera vez cuando estuvo internada en el neuropsiquiátrico y que, desde entonces, la sigo a todas partes. «Está bien», sonríe y mordisquea una manzana, «no me molestás en lo más mínimo.»

Nunca salgo de esta casa aunque la odio, detesto los gobelinos, el empapelado de flores color naranja que la abuela llama orgullosamente «estilo William Morris», las escaleras de madera y el olor a cosas viejas. Una vez, desde la calle, vi que un grupo de chicos entraba a nuestro parque con miedo y sigilo. Iban con bermudas y remeras sin mangas, la piel morena de sol, el pelo enredado de río. Qué envidia. Los escuché. Decían que nuestra casa estaba abandonada y que era una casa embrujada. Qué pavada, pensé, si todo el mundo sabe que acá viven los ingleses; así nos llaman los vecinos. Aunque, hay que decir, los vecinos nos quedan lejos porque la casa está en medio de un parque bastante grande y descuidado, de pasto seco, un aljibe, animales que nadie cuida, los perros, los gatos, las lagartijas, las víboras que se arrastran de noche.

Me asomé a la ventana para asustarlos y funcionó: salieron corriendo a los gritos, y una de las chicas perdió su ojota amarilla, que se quedó enganchada de un rosal seco. Creo que se cortó, pero desde el primer piso no vi sangre. Millie vino a ver qué pasaba y me sacó de la ventana. Ella es hermosa, tiene el pelo oscuro y los ojos azules, y siempre espanta a las moscas que se me posan en la cara, porque yo no las siento, no tengo sensibilidad. Nadie sabe muy bien qué nombre darle, pero tengo una enfermedad cuyo síntoma principal es que la piel se pudre, como si estuviese muerta. Por suerte no huele, es solo el aspecto verdegrís lo impresionante, y que, de vez en cuando, se cae y voy dejando jirones de mí misma por la casa. Me llevaron al médico hace muchos años, cuando creían que era lepra. No lo es. La abuela cree que puede ser una enfermedad contagiosa; entonces, si me acerco a ella, usa su bastón para alejarme. No puede usarlo para herirme, porque yo no siento dolor, pero me mantiene a distancia. Está bien. La casa es muy grande. Si salgo, cuando alguien me ve, reacciona como esos chicos, con los ojos desorbitados y la boca en O; no están acostumbrados a ver una cabeza sin pelo, con algunos gusanitos, el labio inferior caído porque no tengo músculos con la fuerza suficiente para levantarlos, el ojo del lado derecho totalmente negro como un cascarudo o como los de las pájaras.

Millie me dibuja. Dice que ella, ahora que se acostumbró, me encuentra hermosa. Que en la clínica, sin embargo, me tenía miedo, porque yo me la pasaba en un rincón y la miraba sonriente, como una loca y, además de loca, muerta podrida. Yo no me acuerdo de eso: creo que nunca me dejaron visitarla en la clínica. No tiene sentido discutir con Millie. Ella, cuando sale, trae historias que son puras mentiras; mi mamá le tira del pelo, mi papá finge no enterarse, la abuela le prepara castigos ejemplares para que deje de inventar cosas.

Uno de los castigos fue demasiado (la hicieron limpiar la letrina vieja, la que está afuera, en el parque) y Millie planeó asesinar a la abuela de noche, con un pincel. Decía que podía clavárselo en la yugular. Yo la convencí para que no ejecutara esa locura: solo Millie pinta en esta casa, y clavar un pincel sería como dejar la prueba del delito, la huella criminal. La podía degollar de noche, le expliqué. No cuesta tanto. No hay que cortar como se corta un pedazo de carne. Hay que conseguir un cuchillo bien afilado y dar un solo tajo: la sangre brota como un manantial, como el río Paraná, tan marrón y tan hermoso, como el champán cuando mamá está contenta y quiere festejar y nos sirve copas de vidrio finito que tenemos permiso de romper.

Tengo que volver a los pájaros. Todos los pájaros son mujeres que han recibido un castigo. En los mitos populares de nuestra provincia, Entre Ríos, pero también de Corrientes y de Misiones (tengo un libro que ubica cada mito en detalle), el castigo para la desobediencia, la mala conducta o el amor desesperado es ser transformada en ave. Hay algunos hombres pájaro también, pero no tantos. El chingolo es un hombre, por ejemplo. Era un cantante que andaba en un caballo blanco, como un *knight*, un caballero de armadura y laúd. Era el único que cantaba en el pueblo y quería que la situación permaneciera así. Un día apareció otro cantor, un viejo, con su guitarra, y a la gente le gustó mucho su voz. El rubio del caballo no lo soportó, lo increpó y lo mató. En el pueblo no había lugar para dos cantantes. Fue preso, claro, pero en la celda se le concedió la metamorfosis y salió volando por entre las rejas. Tiene copete rojo porque, en aquella época, a los presos les ponían un gorro colorado.

Los destinos de las mujeres son mucho peores.

El urutaú, que también se llama pájaro fantasma, sale únicamente de noche y, cuando canta, parece que llora. Se supone que fue una princesa guaraní enamorada del Sol, abandonada cuando él se fue al cielo, que clama por su

36

hombre todas las noches. Su castigo no tiene fin porque el sol siempre vuelve a salir, siempre. La calandria era una chica linda que, cuando rechazó a un insistente guerrero que no le gustaba, recibió su castigo de no ser más ni mujer ni bonita, y Tupá la convirtió en ave por soberbia y por altiva. El pajarito que se conoce como chochi fue otra chica joven, recién casada, que se fue a bailar cuando su marido estaba enfermo y se divirtió tanto y la pasó tan bien que se olvidó del tiempo y, cuando volvió a casa, él estaba muerto. Castigo: se la pasa llamando a su marido mientras camina por el monte con sus patas cortas. Otra chica loca por la música abandonó a su madre, ya vieja ella, y la anciana también se murió: se transformó en chesy, otra pajarita que se anda lamentando. Podría seguir, pero se dan una idea. Caminar por la orilla del Paraná y ver una bandada de pájaros es imaginarse rodeada de mujeres reprendidas, metamorfoseadas contra su voluntad, rogando volver a ser humanas. Escuchar los cantos de los pájaros a la noche, cuando el calor no deja dormir, es un concierto de llantos viudos y de injusticia.

Millie siempre dice que, cuando la internaron, ella creía que iba a volver a casa, pero transformada en pájaro. Como cacatúa o loro, eso sí, porque no iban a lograr que se callara la boca. Su propia boca olía a acetona, me acuerdo. Yo pensaba que se había tragado un frasco de sus pinturas, aunque mi hermana, a diferencia de mis tías y otras mujeres de la familia, nunca expresó deseos de morir. Era muy raro: hablaba y el aire apestaba a quitaesmalte. Me recordaba a cuando mamá se pintaba las uñas en la glorieta del parque, sobre el banco pintado de verde musgo; decía que era un lugar cómodo para hacerlo y que la luz era óptima. Se pintaba las uñas del pie de rojo y, para hacerlo bien, se colocaba algodón entre los dedos, así se mantenían separados. Era algo inquietante de ver, sin embargo, porque con el rojo del esmalte parecía que había sufrido un accidente, y que alguien le había cosido los dedos de vuelta. En realidad, esta idea no es mía: es de Millie. A ella la obsesionan un poco los dedos cortados, las falanges; dice que algún día deberíamos usar la punta de algún dedo como dije, alrededor del cuello, como llevamos nuestras medallitas de oro. «¿Nuestros dedos?», le pregunté. «Claro que no, hermanita monstruo, ¡los de la abuela!»

Se equivocaron con Millie cuando la internaron en un neuropsiquiátrico. Lo que sufría era un problema con el azúcar en la sangre. Poco o demasiado azúcar, no sé los detalles. Me cuesta pensar en enfermedades porque me obliga a pensar en mi cara podrida y las moscas que caminan sobre mi nariz; y me pregunto cuántos bichos hay detrás del empapelado de flores anaranjadas y si, de noche, esos bichos –cucarachas, ciempiés, arañas, hormigas negras, babosas– no me caminarán por el cuerpo. Yo no duermo desnuda a pesar del calor solamente por eso. Millie, que duerme en la cama de al lado, me dice que no tenga miedo, que ella me los espanta, pero yo no le creo, porque muchas noches me despierto y la veo sentada en la cama, con su cuaderno de tapas de cuero marrón, dibujando mi cara, porque mi cuerpo no lo puede ver.

Mi cuerpo también se pudre, pero el proceso es más lento.

La acetonemia de Millie –así se llama la enfermedad por la que terminó internada– empezó cuando dejó de comer. Creo que ese es el motivo por el que la familia decidió que debía ser internada en un neuropsiquiátrico: no comió durante días, ni siquiera las manzanas verdes que tanto le gustan. Pero no dejó de comer por suicida: lo hizo por reconcentrada. También alucinaba, veía cosas y es por eso que me considera una alucinación: quedó más confundida después de esa internación, creo que le dieron demasiados medicamentos. No importa: igual me quiere. Millie es una gran hermana, aunque mienta y aunque no distinga demasiado lo que es real y lo que no.

Si tengo que ser sincera, Millie estaba confundida acerca de la realidad de las cosas desde antes de la internación. Una tarde salimos al parque; yo, por las dudas, con la cara tapada con una media panti de mi mamá: nunca me compran la máscara que quiero, les parece demasiado morboso. Mucho más morboso es pudrirse así, pero mi familia es caprichosa y bastante cruel. Le pedí a Millie ir hasta el río porque me gustan los peces: es hermoso meterse en el agua tibia y sentirlos jugar entre las piernas, dan besitos que son como mordiscones y se van enseguida, tímidos. A Millie no le gustan tanto: tiene un poco de miedo porque una vez mamá nos habló de las palometas, que son como pirañas del Litoral, y que muerden. No comen carne a dentelladas como sus hermanas tropicales, pero lastiman. Mi papá intervino, recuerdo, y dijo que las palometas solo viven en lagos, no en el río, pero Millie quedó acobardada. Yo no. Me encantan los pescados de río además, especialmente el surubí, que tiene gusto a barro. O a lo mejor es que en la cocina de mi casa no los lavan bien. El surubí frito y con papas: podría comer eso durante toda mi vida. Aunque cada vez como menos: me falta el hambre. Es de familia, porque Millie come muy poco. Como un pajarito.

En el río, esa vez, nos acordamos de la chica que apareció muerta. Era una vecina, más chica que nosotras, y encontraron primero su sombrero. Mi hermana y yo creemos que la violaron, pero nuestros padres nunca nos dan ese tipo de detalles tan sórdidos. También encontraron sus zapatitos. Iba vestida de blanco. Nadie sabe por qué se alejó de la familia y se metió en el monte, donde la encontró el asesino, que la destrozó como si no fuese un ser humano. En el diario decían que la niña, que se llamaba Juana, había aparecido «desgarrada». Millie, esa tarde, quiso conectarse con su espíritu. Dejó chorrear sus pinturas junto al árbol donde apareció el cuerpo de la niña; el dibujo formó una especie de estrella atrapada en un círculo. Recitó algunas palabras con los ojos cerrados y esperó. Yo escuchaba el chapotear del agua en las orillas, las víboras deslizándose entre el pasto, los gritos desolados de las mujeres pájaro. La voz de la niña, sin embargo, no llegaba. Millie continuó, ofuscada. Sacó su cuaderno de tapas de cuero, el que usa para dibujar, y leyó algo que había escrito ahí en voz alta. Yo no le entendí porque usaba palabras en inglés. A lo mejor por eso la niña no viene, pensé, seguro que no sabe el idioma. Cuando Millie estaba por abandonar, apareció un gato que caminó, muy seguro, hasta ubicarse dentro del círculo trazado por la pintura. El gato y Millie se miraron un rato a los ojos hasta que él, ronroneando, se le acercó. «Es la nena muerta», me dijo Millie, emocionada, «que se convirtió en tigre.» Me quedé mirando al animal, que Millie tenía en brazos. Es un gatito, le dije, y bebé. No tiene nada de tigre. Además, ¿no debería reencarnarse en una gata? «Qué tiene que ver eso. Gata, gato, es lo mismo. Qué sabés vos, cara podrida», me gritó, y salió caminando decidida con su bebé tigre en brazos.

Mamá nos vio llegar con el gatito. Millie, vos le vas a dar de comer, yo no pienso gastar un peso en mascotas. «Por supuesto», dijo Millie, y miró a mamá con desprecio, porque mi hermana odia a la gente que no soporta a los animales, cree que no merecen vivir. Lo bautizó Jeanne (porque la nena muerta se llamaba Juana) y le daba agua en una jarra preciosa en la que ella misma había pintado un paisaje del Paraná.

Mi abuela lo vio por primera vez ese mismo día. Apareció jugando con su collar de perlas y su pelo siempre perfecto, y dijo: qué es este bicho roñoso. Se acercó al gato y Jeanne se erizó. Reconocía quién era el enemigo. «Es un yaguareté», le contestó Millie. «No es un bicho.» La abuela se rió con la cabeza tirada hacia atrás. Qué va a ser un yaguareté, mocosa estúpida, si esos bichos solamente viven en Misiones, en la selva, acá tenemos ese monte de mierda, pero selva todavía no. Se dio media vuelta y se fue; no me olvido de que usaba el mismo cinturón con el que, un tiempo después, mi mamá quiso ahorcarse en el baño. Mi mamá no se murió ahorcada, igual, se murió de otra cosa, pero yo no consigo olvidarme del cinturón y su hebilla, que parecía un corona de reina de la comparsa.

Jeanne crecía, y durante esos meses se desató la guerra con mi abuela. Jeanne meaba sobre el empapelado estilo William Morris. También se afilaba las uñas sobre una mesita que, según mi abuela, era herencia de su tía escocesa. A veces parecía poseerlo una locura destructiva y corría por el living: arañaba las alfombras persas, tiraba al suelo los adornos que estaban sobre la mesa de vidrio, parecía un dragón a pesar de ser tan pequeño, un dragón con su larga cola y las llamaradas de fuego saliéndole de la boca, que había venido a destrozar la casona de mi abuela.

La batalla duró hasta que Jeanne, no sé cómo, saltó tan alto que logró tirar al piso la reproducción de *La Gioconda* de la abuela. Era, por supuesto, un cuadro barato, pero en la caída se rompió el marco –que sí era bastante bonito, tengo que reconocer– y los pedazos de vidrio se multiplicaron por la sala. Pasamos días juntándolos y mi

41

mamá, que andaba descalza, se cortó la planta del pie. Millie escondía a Jeanne en nuestra habitación por las dudas, pero pasó lo que tenía que pasar. Una mañana fue imposible encontrar al gato. Millie y yo recorrimos toda la casa: el ático lleno de herramientas inservibles, la cocina siempre un poco sucia y con olor a pescado, la sala de muebles pesados, sillones de terciopelo, caoba, cortinas mohosas, detalles de madera oscura. El gato no estaba por ningún lado. «Mi tigre, mi tigre», lloraba Millie. Yo me acordé de la leyenda del yaguareté. Había un guerrero muy poderoso, en la selva; tan famoso que otro igual de fuerte lo retó a duelo. Pelearon toda la noche y, cuando salió el sol, uno logró clavar la lanza en el corazón del rival. Pero el herido no murió. Ninguno de los dos murió, tampoco perdieron o ganaron la pelea. Se transformaron, los cuerpos unidos, en el yaguareté, el animal que brilla en los bosques de la noche, atrapado en la más perfecta simetría.

(Todas las leyendas de varones transformados en animales son por competencia. La mayoría. A las mujeres nomás se las condena. Lo mismo pasa con las flores. Hay muchas flores que alguna vez fueron mujeres. La flor del ceibo, por ejemplo. Todos conocen la historia de Anahí. La quemaron. A los hombres nunca los queman.)

Cuando terminamos de revisar la habitación de mis padres, la de mi abuela, que había salido, y las que habían sido de mis tías, Millie salió al parque, desesperada. Lo vimos enseguida. Jeanne colgaba de la rama de uno de los árboles cercanos a la casa. La abuela dejó marcada su obra con su firma particular: lo ahorcó con su propio collar de perlas (falsas). No le hizo nada más. Millie descolgó el cuerpo con mi ayuda (le hice piecito) y lo revisó como una profesional para comprobar si, además, la abuela lo había torturado. Solamente tenía el cuello roto del apretón, le habían salido mocos de la nariz –colgaban de su carita hermosa, verdes, manchaban los bigotes– y no estaba rígido: el crimen había ocurrido horas antes, apenas. Millie lloraba a los gritos: si solamente se hubiese dado cuenta antes, no lo había cuidado bien, su tigre que paseaba majestuoso por las salas de la casa, sobre sus pies de felpa, amarillo dorado, con sus ojos de fuego y sus hombros lentos. Jeanne no era así como ella lo describía: era un gato flacucho e histérico, anaranjado, que chillaba por comida. Mi hermana siempre había visto a un elegante yaguareté; siempre había creído que la niña muerta había encarnado en el rey del litoral.

«Esta hija de puta mató a mi tigre y la mató a Juanita otra vez», dijo, y entró con el gato muerto a la casa. Yo la seguí corriendo como pude, porque por esa época la podredumbre había alcanzado mi pie izquierdo y no podía dejar de renguear. Millie se encerró con una tela y un lápiz que usaba para bocetos, un lápiz negro que le manchaba los dedos y que a veces dejaba su ropa y las sábanas llenas de hollín. No comió durante días. Había trabado la puerta con una silla. El gato muerto empezó a oler. Mi mamá gritaba que estaba harta de los muertos, de mi cara que se pudría, del gato, del olor a humedad del río, del calor que arruinaba todo, de esa familia de locos, quería irse a Buenos Aires, a Rosario, a cualquier parte lejos de este pozo, de estos gobelinos llenos de hongos y del agua estancada del aljibe.

Yo tuve miedo.

Cuando Millie salió, la boca le apestaba a acetona y mi mamá pensó que había intentado suicidarse con sus pinturas. Pero, como ya dije, no fue así: dejar de comer le provocó ese efecto a su cuerpo, por algún desequilibrio extraño de su metabolismo. Lo descubrieron después, sin embargo, mucho después de drogarla con entusiasmo. Cuando la sacaron de la habitación, el gato muerto, ya muy podrido, estaba sobre la cama. Hubo que tirar el colchón y sacarlo de la casa envuelto en un sudario. Millie había dibujado dos retratos de mi abuela, aunque su cara era mucho más joven que la cara real. En los dos llevaba un gato muerto alrededor del cuello, como una estola de zorro, tenía puesto el collar de perlas asesino y la cara a medio pudrir, como la mía.

Yo no visité a Millie en su internación porque no quería salir de la casa y, además, no me dejaban por el tema del contagio. Ella a veces me dice que me inventó durante el tratamiento, para no estar tan sola. Otras veces reconoce que soy su hermana menor y que me vio nacer en esta casa, en el piso de arriba; ella misma se encargó de cortarme el cordón umbilical. Miente mucho y me confunde, pero yo la quiero más que a nadie porque es la única persona que no siente náuseas cuando me mira a los ojos.

En la escuela le pidieron una composición sobre nuestros abuelos. No solo a ella, a toda la clase. Sobre cómo habían llegado a Entre Ríos, una historia de inmigrantes. En la provincia hay muchos que vienen de todas partes: judíos (tienen unos cementerios preciosos, dice Millie, en Basavilbaso, muy sencillos, sin esculturas ni capillas: yo no puedo ir a verlos salvo que me lleven escondida), italianos, suizos, alemanes del Volga. Mi hermana escribió que nosotros descendemos de Richard Burton, el explorador, geógrafo, traductor, escritor, cartógrafo, espía, diplomático y poeta que hablaba veintinueve idiomas, tradujo *Las mil y una noches* y el *Kamasutra* y descubrió el lago Tanganica en el África. Le creyeron porque tenemos el mismo apellido que sir Richard, y entonces desde la escuela mandaron a llamar a todo el resto de la familia para que contásemos recuerdos y anécdotas del célebre antepasado. Mi padre se entrevistó con la directora y le dijo que no descendíamos de ninguna manera de sir Richard Burton y pidió disculpas. Una semana después, mi hermana dijo que en realidad se había confundido y que descendíamos de Robert Burton, intelectual inglés y autor de *Anatomía de la melancolía*. Era menos impresionante y no le dieron importancia, pero ella insistió tanto que mi padre tuvo que volver a hablar con la directora y, cuando volvió a casa, corrió a Millie por las escaleras con un cinturón.

Mi hermana decía que podía controlar a las serpientes. Se iba al fondo de la casa y hacía sonidos extraños con la lengua, siseos, parecía pronunciar la zeta con fuerza: así, sostenía, era como se llamaba a las víboras. Cuando logró que se le acercara una, la agarró mal –no sabía cómo sostener víboras– y el animal la mordió. No era venenosa, pero mi hermana les decía a mis tías y a las visitas que sí, que ella había tenido que sacarse el veneno a mordiscones y chupándose el brazo; contaba cómo la piel se le ponía negra, la sangre emponzoñada que le llegaba al cerebro y al corazón y cómo la salvó el vecino (a quien nunca llamaba por su nombre, convenientemente). Mis tías decían que teníamos que mudarnos más cerca de la ciudad, alejarnos del río, y recordaban a la niña Juana, asesinada, sus zapatitos, su sombrero. Las tías nunca me miraban porque mi cara les daba impresión y, además, tenían miedo de contagiarse, por eso tampoco se sacaban los guantes. Al menos eso me decía mi hermana. «Vos escondete detrás de las cortinas, como Emily Dickinson, así no te joden.» Yo le hacía caso.

Una vez Millie se escapó a Victoria, un pueblo cerca de Paraná. Ella asegura que la llevó uno de los Rosas, pero yo no le creo, porque los Rosas son muy aristocráticos y muy aburridos. Dice que entró en un cabaret, que no le pidieron documento de identidad y que pudo cantar, acompañada del piano, una de sus canciones. Mi hermana, creo no haberlo contado, compone, además de pintar. Sus canciones no me gustan mucho salvo una que dice: «Madrecita dulce / un colgante vivo / para tu vestido». No sé si hay o no cabarets en Victoria, pero sé que mi padre amenazó con mandarla a vivir con mis tías tucumanas si volvía a escaparse, y ella me confesó que, cuando volvía de la escapada, tuvo miedo de que un rayo divino la transformara en garza o cisne.

Millie dice que escucha la voz de los objetos, sobre todo de las cajas, pero también de los espejos y las mesitas. De noche jura que caminan solas por la casa, que bajan despacio las escaleras. Hay tantos ruidos de noche que pueden ser las mesitas caminantes, o las mujeres pájaras o el espíritu de Juana o el de Jeanne, el gato tigre. «Cuando tenga un hijo», me dijo desde su cama, una noche, «lo voy a entrenar para que tenga telequinesis. ¿Sabés lo que es? Es lograr que los objetos se muevan con la voluntad, sin tocarlos, con la fuerza de la mente. Los rusos hace años que lo tienen estudiado. A lo mejor mando a estudiar a mi hijo a Rusia. ¿No te gustaría ir a Rusia? A mí tampoco. Me gusta el calor. Tenemos que aprender guaraní. Y también podemos irnos a Buenos Aires, ¿no?»

Mi cara, le recordé. El resto de mi cuerpo, que se cae a pedazos.

«No te preocupes. Algo vamos a inventar.»

Mi hermana se enamoró poco después de la muerte de mi madre. El chico le traía rosas y ella lo hacía pasar.

Mi padre no la retaba: no sé si estaba triste o borracho o las dos cosas. Yo la miraba besar al chico desde detrás de las cortinas y ella me hacía gestos cuando podía. Gestos de «andate». No. Con mi piel, con esta enfermedad de podredumbre, yo nunca voy a ser besada como ella. Así que tenía derecho a mirarlos toda la noche, si quería. Millie no se enojaba de verdad, igual. Creo que le daba un poco de vergüenza y por eso me pedía que los dejara solos. Después se quedaba hablando conmigo, comiendo manzanas, y me contaba sus planes para estudiar en Buenos Aires. Ya estaba todo listo. Se iría a la casa de una tía. Teníamos muchas tías, una vivía en Buenos Aires. Ella pintaba bien, pero quería pintar mejor, quería aprender. «Nos vamos juntas», me dijo, pero yo no me atrevía. «En Buenos Aires deben tener tratamientos mejores para tu piel», me decía, y espantaba las moscas que ahora me caminaban siempre por los labios. Incluso habían hecho un nido ahí. Soy un asco, lloraba yo, le lloraba a la noche litoral, y ella no me contestaba nada, porque Millie siempre me quiso, pero también estaba de acuerdo con que yo era un asco, pasa que para ella eso no era un problema.

Por esa época, entre su romance y la muerte de mamá, se obsesionó con matar a la abuela con cianuro. En una primera etapa del plan, quería darle una especie de mermelada de manzanas hecha con muchísimas semillas. Había leído que las semillas de la fruta tenían cianuro. «Por eso se durmió Blancanieves», me explicaba, con los ojos grandes y maravillados. «La reina le dio una manzana con mucho cianuro, pero no lo suficiente para matarla. ¿No es espectacular que ya lo supieran en aquella época, cuando se empezó a contar el cuento?» Pronto se dio cuenta de que necesitaba toneladas de cianuro para hacerlo y desistió. No tenía dinero para comprar cianuro ni sabía dónde hacerlo. «Qué difícil es matar a alguien», me dijo. «No se me había ocurrido.»

En vez de matar a la abuela, se compró botas, y así esperaba a su novio sentada en las escaleras. Los ojos azules, las botas rojas, los dedos manchados. Su profesora de dibujo y pintura de Paraná le había dicho: «Millie, te tenés que ir, en esta provincia no vas a llegar a nada, todo pasa en Buenos Aires, y podés llegar lejos con esos ojos y ese apellido».

Cuando Millie se fue a la Capital, nadie la despidió. Se llevó el collar de perlas con el que mi abuela había ahorcado a Jeanne. Se lo llevó puesto: como había pintado las perlas de rojo, para recordar el crimen, parecía una cicatriz alrededor de su cuello, una cicatriz brutal, de degollada, como si alguien le hubiese cosido esa cabeza hermosa sobre el cuerpo delgado. Muy parecida a la del Frankenstein de Boris Karloff. Durante un tiempo había pensado en envenenar las joyas de la abuela: que, cuando se las pusiera, el contacto del veneno con la piel se le fuese filtrando hasta llegar a la sangre. Sin embargo, no pudo dar con el método adecuado. Tenía grandes ideas, pero planes truncos. Al final se fue de casa sin matar a la abuela.

Me hizo prometer que la llamaría si alguna vez quería dejar Paraná. Nunca me animé. Ella llamaba poco. Me pidió una vez la pintura de la pájara, en la que ella está a medio metamorfosear, con loros y la camisa celeste de cacatúas. No pude encontrarla. «Esa vieja maligna la debe haber tirado. No te preocupes, me la acuerdo. La voy a pintar de nuevo y la voy a pintar mejor.» Me gustaría ver esa segunda versión, si es que la hizo. Nunca me lo confirmó. Me mandaba cartas y todas decían, al final, que las quemara. Yo lo hacía. No me costaba obedecer. Había quedado sola en casa y, cuando me miraba en el espejo con mi único ojo, veía una cara negra. No recuerdo mu-

48

cho sobre mi vida desde que Millie se fue. Sé que la abuela murió. Se la llevaron en una ambulancia; alguien la encontró caída, desparramada, en la cocina, pero no fui yo, porque yo nunca bajaba a la cocina ni al piso de abajo siquiera. Ya no necesitaba comer. Creo que es parte de la enfermedad de la podredumbre, no me hace falta ingerir alimentos, pero no puedo saberlo con seguridad porque nunca más fui al médico y mi padre no volvió a hablar conmigo desde la partida de Millie. En las cartas a veces me mandaba fotos de sus cuadros y me decía «necesito que vengas, te quiero de modelo». Pero ya no quedaba mucho de mí para modelar. La cara negra, los huesos pegados a la piel, un color tan oscuro que era fácil confundirme con un pedazo de oscuridad, sobre todo en esta casa cerca del río, donde mi hermana me dibujó, cuando era muy chiquita, con un pescado en la mano. A veces bajo hasta el agua y dejo que los peces jueguen entre mis pies rígidos. Cada vez me cuesta más caminar. Me pregunto si Millie vendrá a vivir conmigo cuando muera. A veces me siento a esperarla en la escalera, pero solo si corre aire a la noche y la luna se esconde detrás de las nubes; no quiero que nadie me vea con esta cara y casi sin boca, no quiero que nadie se asuste ni se horrorice. Sé que mi hermana, aunque no se comunica, me recuerda y me pinta. Y cuando vuelva por el camino de tierra, levantando polvo, con el pelo suelto y las botas rojas, la voy a recibir con los brazos abiertos. Y si vuelve como pájara, espero reconocer su graznido. No, graznido no, su canto: mi hermana canta muy bien. Cuando vuelva será un ave nunca vista y sé que va a posarse en mi hombro, acá, sobre las escaleras de madera que crujen cubiertas de musgo.

LA DESGRACIA EN LA CARA

Para Carmen Burguess

Sus manos sonaban como cangrejos. Eran las uñas, duras como de hueso y rojas, brillantes. Movía las manos sobre la mesa como si la tabla fuese un piano invisible y las uñas iban de un lado al otro, rápido. No era una mujer coqueta, ni siquiera prolija. Cuando iba a trabajar era práctica: el pelo muy corto, las ojeras ocultas detrás del corrector, pantalón y camisa blanca, un blazer si hacía frío y los anteojos negros. Correcta pero no elegante. Una contadora que trabajaba con números no debía parecer desaliñada, y ella cumplía. Por eso siempre tenía las uñas impecables. Y eso era casi todo. En la casa se paseaba en ropa interior que le quedaba grande, usaba camisas entreabiertas y jamás se ponía corpiño, arrastraba las medias tres cuartos sucias por todas partes. Mi hermana dejó de aceptar su afecto borracho muy pronto y se encerraba en su habitación con auriculares y frente a la pantalla. Eso cuando estaba en la casa, porque prefería la calle o tomar clases de cualquier cosa, nadar, boxear, correr, inglés; salir a caminar o a leer en el parque. Y cuando salía de noche, regresaba al mediodía. Así que yo la escuchaba. No había nadie más. Mi padre era dueño de un salón de fiestas y una tienda de cotillón. Actividades inapropiadas para nuestra infelicidad constante. Cada visita a otra casa, cualquier casa, parecía una excursión al mundo de la dicha ajena.

Mi madre se caía y andaba en cuatro patas, la copa de vino blanco, siempre blanco para no mancharse los dientes, en equilibrio sobre mesas, sillas, a veces incluso la almohada. Yo la ayudaba a no golpearse y, eventualmente, a vomitar y dormir. La escuchaba también. Decía que nunca iba a recuperarse. Lo mucho que hacía por nosotros, cómo jamás recibía un agradecimiento, solo desprecio. Y la falta de comprensión de todos sobre ese horror que la obligaba a beber y llorar. Siempre me contaba su violación, a mí y a quien quisiera oírla, y en algo tenía razón: nadie quería escuchar, y la reacción solía ser incluso poner distancia, alejarse de ella físicamente unos centímetros, cierta incredulidad o, mejor, un no querer saber. La madre contagiosa. El orden y los detalles del relato de la violación eran siempre los mismos, como si ya no fuese capaz de recordarla de verdad y repitiese una historia vieja, una leyenda.

Ella vivía en Paraná, con su padre. Iba a la secundaria. Catorce años. Su madre ya se había ido, mi abuela, la madre ausente. La leyenda familiar decía que, después de pasarse semanas encerrada en su cuarto, escapó por la ventana porque la encontraron abierta. Hacía años que estaba, decían, «mal de la cabeza». Los hermanos y mi abuelo la salieron a buscar y no se sabía mucho más. No se hablaba de ella. Paraná era todavía una ciudad pequeña, muy segura y tranquila, los primeros años setenta. Mi madre volvía del colegio por un camino que era oscuro porque la casa estaba en zona de quintas, pero nadie tenía miedo, no a cosas reales al menos, solamente a fantasmas y duendes. Ella no quería que la calle de tierra un poco húmeda le arruinase los zapatos, así que se apuró, se resbaló y se cayó. Se terminaba el año, la humedad del río hacía transpirar. Mi madre soñaba con la costanera y las islas, con salir en lancha por el río marrón y ver las espaldas de los hombres al sol. Le quedaban pocos exámenes. Si los rendía bien, iba a pedir como regalo una visita a El Palmar, que llevaba inaugurado unos años, pero ella aún no lo conocía. Había visto fotos de las palmeras con el sol bajo, el cielo anaranjado, las ramas como pelucas locas.

Una mano la ayudó a levantarse. Decía siempre una mano: no había visto de quién era, si hombre, mujer o adolescente como ella. Tenía los cuadernos y libros en un portafolio, así que no se embarraron, pero sí las piernas y el guardapolvo. Después de decir gracias vio que era un hombre, muy alto, de pelo oscuro. Escuchó un silbido, pero ni ahora ni entonces sabía si el hombre había silbado o alguien más. El silbido la hizo sentir el peligro. Era una llamada, un aviso. Quiso correr, pero resbaló, y el hombre era muy fuerte. No la violó sobre el camino. La apoyó contra un árbol. No le dijo que no gritara, no le tapó la boca, y ella lloró todo el tiempo de miedo y de dolor.

Al día siguiente fue a una curandera para evitar el embarazo. La señora aseguró que no estaba preñada y tuvo razón. Pero no le guardó el secreto. Cuando lo supo mi abuelo, no le pegó, como ella temía. Le habló sin mirarla. Le dijo que no sabía cómo hacerse cargo de una mujer, que era un hombre solo, que no sabía criar hijas, que todo era culpa de la puta de su madre. La mandaron a Buenos Aires, terminó la secundaria y en un baile conoció a quien sería su único novio porque los hombres le daban miedo. Tu padre es un buen hombre, repetía, y le arruiné la vida; escupía vino y baba sobre la almohada que no compartía con él porque no dormían juntos. Mi hermana había escuchado la historia muchas veces, también. ¿No te da lástima?, le pregunté una vez, cuando desayunábamos. Me da bronca, contestó Alex.

Mamá no estaba en ese estado todos los días. Por lo general, volvía a casa, miraba un poco de televisión y se iba a dormir. Si nos preguntaba sobre el colegio o sobre el negocio, era de una manera casual o desinteresada. Nunca colgó cuadros ni compró cortinas. Nunca le interesaron las flores ni las plantas. Jamás la vi fascinarse con anillos y collares. No sabía bordar o tejer, pero tampoco pintar o bailar. Los animales sí le gustaban, pero sin entusiasmo. Se aburría en nuestros cumpleaños; por suerte para nosotros, la casa de fiestas de mi padre se encargaba de todo y así teníamos bola de espejos, piñata, magos, torta, los accesorios de la infancia feliz. Mi padre nunca se atrevió a convencerla de ir a un psiquiatra, como si detrás de su depresión acechara una incurable noche voraz. Sencillamente se alejó de ella dentro de la casa y en el trato cotidiano. La dejó sola. Yo la quise, pero no me caía bien. No me gustaba pasar tiempo con mi madre. Ella se sentía una ruina abandonada y esperaba la demolición.

Una tarde estaba tan borracha que apenas evité que se manchara el pelo al vomitar. No se lo hubiese lavado. La llevé a la cama y la puse boca arriba. Y en vez de asco, lo que me salió fue un reto. Tenés que tratarte. Tenés que ir al psiquiatra o al algún grupo de ayuda, a terapia, nosotros no tenemos por qué aguantarte más.

–No puedo. No me pueden ayudar. No me van a creer. No puedo contarles. Los hombres no me creen.

Me sorprendió, porque rara vez contestaba cuando estaba tan borracha o tan deprimida.

–Qué no van a creerte, mamá, si lo contás siempre, si nosotros te creemos.

54

Suponía que hablaba de la violación y me enojaba. Claro que le iban a creer. No todos los hombres eran el enemigo. A los tipos nos inculcan desde el jardín que lo peor de lo peor es violar a una mujer. Peor que matar. Me parecía escuchar la voz de mi hermana que siempre me discutía esto, que me hablaba de la justicia y de los tipos que se protegían entre ellos. A veces sentía que vivíamos en diferentes mundos.

–No tenía cara –agregó mi madre.

–Quién.

–El que me violó. No tenía cara. Era un borrón.

Pensé que hablaba de borracha, pero de repente se sentó en la cama, lúcida y con los ojos brillantes, como una criatura que revivía la infancia, capaz de hablar de corrido sin arrastrar las palabras, despeinada, casi feliz. Fue aterrador.

Contó todos los detalles y me prometió que, además, los iba a dejar escritos cuando fuese capaz de hacerlo, cuando se sintiera bien. Hacelo en el trabajo, le sugerí. Y se durmió pensando que era una buena idea. Yo no dormí esa noche y después me fui de la casa a pasar unos días en lo de un amigo en una quinta del conurbano, fútbol, cerveza, música al atardecer. Cuando volví, decidido a alquilar e independizarme, encontré a mi madre encerrada en la habitación. Como la abuela desconocida. No dejaba pasar a nadie, pero a mí me lo permitió. Dejó que la viera. Me pidió que la fotografiara. Y, antes de irse, me dio una larga carta. Para vos y para Alex. Ojalá lo crea, dijo.

Su cuerpo apareció sobre la vereda de la calle Gallo en el barrio de Once. Se había arrojado desde la ventana de un hotel. La habitación era en el piso más alto. Su muerte hubiese sido un alivio en otro mundo, en otra realidad. Un enorme alivio. Pero la entendí como lo que era. Un peso, una condena y una tarea de mensajero que no le había pedido y con la que no quería cargar.

Cuando Alex se fue a lavar la cara esa mañana, notó que tenía una parálisis facial. Justo estaba por ponerse un poco de corrector de ojeras. El párpado levemente caído, igual que la boca de ese lado, el derecho, y algo bueno: la arruga nasogeniana –así la había llamado su cosmetóloga– había desaparecido. Quiso hablar frente al espejo, su boca no podía hacer la U ni la O de forma correcta y decidió que en ese estado no podía dar clase –de inglés, en la Facultad de Comunicación, donde era una materia obligatoria–, y cruzó hasta el negocio de su hermano y le pidió que llevara al colegio a su hija, Magnolia, mientras ella se acercaba a la guardia a averiguar qué le pasaba. No le dolía la cabeza, pero temía un ACV: su padre había muerto de un derrame cerebral hacía pocos años.

Su hermano llevaba adelante la tienda familiar: cotillón, disfraces para Halloween y fiestas, parafernalia para cumpleaños, comuniones, baby showers. Lo único que quedaba después de verse obligados a vender el salón de fiestas en el que habían celebrado sus cumpleaños de quince todas las adolescentes del barrio.

A lo mejor es un virus o es nervioso, no tiene por qué ser un ACV, le dijo su hermano, pero parecía preocupado. Demasiado preocupado, justo él, que siempre quedaba a punto de la septicemia o el tétanos por no cuidarse cuando se cortaba y que, una vez, se había pasado un mes sin notar que tenía los huesos rotos cuando le pasó una moto por encima del pie.

Cuando llegó a la guardia, Alex pasó primero al baño y lo que vio la sorprendió, pero se lo atribuyó al ojo medio cerrado: el borde del labio se veía fantasmal, como si su cara fuese una pintura y alguien hubiese borroneado la definición del contorno de la boca. Como el párpado estaba casi cerrado, trató de olvidar la sensación esfumada –me hago humo, murmuró– que acompañó a la visión oblicua y esperó su turno en la guardia. No había demasiada gente: una especie de milagro, porque las mañanas solían ser, lo sabía, un caos de pacientes y de falta de personal.

La atendieron después de apenas media hora. El médico clínico, guapo e ineficiente, hizo lo que Alex esperaba: abrí el ojo, sonreí, intentá mover la ceja. Nada. Le preguntó si tenía alguna infección crónica viral, como Lyme o VIH. Indicó análisis de sangre y, para descartar «algo vascular», una resonancia de urgencia. Pero no creo, dijo. Parece una parálisis de Bell y puede causarla cualquier virus. Debería irse en unas semanas, no suelen durar más.

Alex accedió a la resonancia aunque intuía que no se trataba de algo cerebral: no tenía ningún otro síntoma. Aguantó media hora de estruendo dentro del resonador y se fue con la tranquilidad de saber que no sabían qué causaba esa parálisis, pero no era vascular ni estaba en riesgo de muerte. Los análisis llegarían en unos días, por mail. Pidió un certificado para poder presentar en el trabajo y se lo hicieron. En el taxi de vuelta le sacó una foto al papel y se la envió a su jefe, que de inmediato contestó «que te mejores».

Bajó en la tienda de cotillón para buscar a Magnolia, que jugaba con su iPad detrás del mostrador. Cuando la vio entrar, su hermano desenganchó de la pared una careta de Michael Myers, el asesino de la película *Halloween*. Se acercó a Alex por detrás y se la puso con cuidado antes de que la nena la viese. Pero qué hacés, se quejó Alex, e intentó sacársela, porque además odiaba especialmente esa máscara toda blanca, tan años ochenta, sin casi rasgos, y a ese matador de mujeres, pero Magnolia levantó la cabeza y se empezó a reír. No tenía idea de que su madre llevaba la careta de un asesino serial de película: pensó que quería jugar con ella o hacerle un chiste. Para no asustarla, ni con la careta ni con la cara, Alex le sacó el iPad y la persiguió un poco por el negocio, que era pequeño pero tenía una estantería central que permitía correr en círculos a su alrededor; la siguió hasta la vereda cuando el local les quedó chico. Era un día hermoso de otoño: un poco de viento, el cielo con nubes como telarañas, las chicas con pantalones largos pero aún con sandalias.

La sorprendió ver llegar, desde la esquina, a su exmujer, la otra mamá de Magnolia. No era su día de visita hoy, ¿o sí? Se llevaban mal, pero no en lo relacionado a la hija: los días que le correspondían a cada una se respetaban sin problema. Su exmujer, esbelta, deportista, el pelo largo y los ojos color arena mojada, siempre con calzas y zapatillas, tan saludable y firme. Parecía diez años menor. Pero cuando sonreía, la primera impresión luminosa cambiaba. Alex se había fascinado al principio por lo que, creía, era una sonrisa triste. Ahora, después de muchos años, sabía que era una sonrisa forzada.

—Tu hermano me llamó y me dijo que habías ido al hospital. Si querés, me la quedo hasta que estés mejor.

—No es nada —dijo Alex. Se levantó la careta para que solo su exmujer la viera, mientras Magnolia, otra vez distraída, perseguía al perro de una vecina—. Es una parálisis de Bell, parece. Puede ser un virus, pero no contagia.

—OK, entonces me la llevo hasta que te den los análisis y sepas por qué te dio. ¿Por qué tenés la careta?

—Diego me la puso para que la nena no vea el gesto raro que tengo y se asuste. Ella no sabe que es la de *Halloween*.

Alex se volvió a poner la careta y vio la desaprobación en los ojos de su exmujer. Alguna gente, sobre todo los que pasaban en auto, la miraban. Después de todo, llevaba una careta blanca sobre la cara en pleno marzo. Era raro.

—Tina, no le voy a contagiar nada a la nena, me lo dijeron muy claro.

Tina le sonrió con la condescendencia de siempre. La misma por la que se habían separado. Qué sabrás vos, decía esa sonrisa dura. Quién sabe qué bicho te agarraste con esas pibas que te garchás, decía. Siempre viviste en la mugre. Como tu padre, un tipo siniestro que arrastró a tu madre al suicidio.

Eso, lo del suicidio, sí se lo había dicho una vez y ella le había dado una cachetada, tan fuerte que le partió el labio a Tina y a su superioridad moral —por un rato—, y aunque le pidió disculpas para que no denunciara violencia y le sacara a Magnolia, nunca se arrepintió de haberle pegado. Si Magnolia estaba con ella era porque Alex tenía casa propia y Tina alquilaba, y también porque ese golpe había quedado en el silencio y la vergüenza. Tina jamás admitiría por orgullo que había sido golpeada, pero Alex igual andaba en puntas de pie con su exesposa. Esa frase había sido hiriente: le traía el recuerdo de su madre depresiva y borracha y el afecto confuso por su padre, que no la había maltratado, pero tampoco ayudado. Él sí era un poco roñoso porque se trataba de esos tipos que no saben hacer nada solos en la casa, y su madre no limpiaba o lo hacía de forma errática, lo mismo que cocinar. Alex estaba enojada con los dos, pero nunca había podido soportar que alguien más opinara sobre su familia.

—Bueno, tenela hasta que me lleguen los análisis. Aviso ni bien sepa y esta noche llamo.

Tina tenía las llaves y, como las había traído, agregó:

vayan a casa a hacer la mochila con las cosas del colegio, que tengo que arreglar algo con mi hermano. No era mucho que cargar: Magnolia tenía cinco años, en el preescolar no les daban tarea ni nada parecido, salvo algún dibujo y las primeras letras. Las vio irse y tuvo náuseas. No había comido nada. No lo relacionó con la parálisis, sabía que era la necesidad de meterse algo en el estómago.

Entró al negocio de vuelta, agarró un alfajor que había sobre el mostrador y por fin pudo decirle a su hermano:

–¿Me estás ordenando la vida? La llamás a esta turra y me tapás la cara, pero qué atrevido.

Se arrancó la máscara y Diego la llevó de inmediato hasta el bañito atrás del mostrador.

–Mirate –le dijo–. No da que Magnolia te vea así.

La parálisis se extendía y provocaba un efecto raro. Uno de los agujeros de la nariz parecía estar más chico. No estirado por un músculo tenso ni caído, sino que el orificio era más pequeño, como si se cerrara de a poco. Alex se levantó el párpado: el ojo también parecía irse, lo mismo que un porcentaje mayor del labio. El médico no se había dado cuenta o a lo mejor no estaba tan avanzada esa especie de borrón. Como si alguien hubiese usado una goma de borrar de Photoshop. Intentó no darle importancia.

–Debe ser así. Ahora en casa googleo sobre la parálisis esta.

–Esperemos que sí –dijo Diego.

Siempre estaba pensando en mudarse de la casa aunque sabía bien que era su única ventaja: la carta ganadora para que fuese el domicilio de su hija. Tenía la habitación de su madre llena de colchones viejos y cajas de objetos que ya había olvidado. Nunca entraba. Seguía usando la suya histórica, que era grande y daba a la calle, lo que le gustaba porque, a veces, cuando le costaba dormir, prefería el aire nocturno por la ventana. En la habitación que había sido de Diego dormía Magnolia. Y en una pequeña, de invitados, que había sido refugio de su padre en los últimos años, había armado una sala de juegos y también su propio estudio, donde traducía y corregía exámenes. Estaba bien en la casa, pero, en el fondo, era la casa de ella, de su madre imposible. Ella nunca la había cuidado en su prolongada crisis. Diego sí. ¿Porque era el hijo varón? Una responsabilidad filial que ella nunca había sentido. Incluso cuando se mudó se fue enfrente, al departamento sobre el negocio, y eso a pesar de que su madre estaba muerta. Para cuidar de lo que quedaba de la familia quizá. Alex no se metía en la neurosis de su hermano.

Esa tarde, después de un almuerzo recalentado, decidió quedarse en la cama, chatear y hacer videollamadas con algunas chicas que, por ahora, evitaba ver en persona (siempre cuidando la relación con Tina: no quería que una asistente social la acusara de promiscua, y además se podían hacer muchas cosas online), leer un poco, dormir. Si era estrés, como había sugerido el médico joven, entonces descansaría. Le gustaba estar en la cama abrigada, aunque ese día no hacía frío y desde la ventana podía ver el sol. Le mandó un mensaje de voz a Magnolia antes de una siesta inquieta y húmeda, de la que despertó transpirada y con la sensación de haber tenido sueños intensos o una pesadilla, lo que de todas maneras era muy común.

Se trajo un plato con pizza fría a la cama, porque se había despertado ya de noche y con hambre, y cuando iba a cerrar la ventana porque el aire de la noche era demasiado fresco y había un poco de viento, escuchó un silbido. Muy cercano, tanto que parecía venir de su propia vereda:

levantó la persiana y abrió la ventana en vez de cerrarla, pero cuando el silbido se repitió, clarísimo y cerca, tan alto su volumen que parecía un instrumento y no una boca lo que lo producía (aunque ciertamente era una boca, se escuchaba bien la salida del aire al final y era la vibración de labios, no de un instrumento), sintió miedo, un terror irracional, y casi vio la imagen del silbante que la arrancaba de la ventana, aunque tenía rejas, y la arrastraba por la calle vacía. Cerró tan rápido como pudo y un tercer silbido llegó todavía, ya más lejano, pero con una extraña risita. ¿Sería un ladrón llamando a sus cómplices, avisando de que había una mujer sola? Alex no estaba tan entrenada como Tina, pero se animaba a enfrentarlos, aunque no si tenían un arma. Corrió hasta la puerta y la encontró sin llave. La cerró, pero después pensó: y si alguien entró mientras dormía. Con un gemido se obligó a recorrer la casa, en puntas de pie y con el cuerpo temblando. Miró la bañera detrás de la cortina. El estudio. La habitación de Magnolia y los placares. Pero cuando abrió la pieza de las porquerías, como la llamaba, la que había sido la habitación de su madre, escuchó un leve pero certero movimiento sobre el piso de madera. Un mueble que alguien movía. Quizá un cuerpo que lo corría. Como estaba, en remera, ropa interior y el teléfono en la mano, salió de la casa, descalza, y tuvo tiempo en la huida de llamar a su hermano. Siempre agradecía que viviese enfrente no solo porque se llevaban bien sino porque Diego, muchas veces, era la calma que necesitaba.

—Pero podés ser tan pelotuda de dejar la puerta abierta. Ponete un pantalón, que hace frío —le dijo Diego después de escuchar la explicación de sus gritos: «Se metió alguien en la casa».

Él cruzó a inspeccionar sin nada para defenderse y ella lo esperó en el living: se puso uno de sus jeans limpios, que le costó encontrar. Diego había vuelto a su mugre varonil habitual desde su última separación. Las parejas le duraban poco.

Lo escuchó volver: aunque era temprano, la calle estaba vacía y no pasaban demasiados autos. Entró tranquilo y ella supo que no había encontrado nada.

–¿Miraste en la pieza de las porquerías?

–No hay nada, me metí entre las cosas.

Alex intentó morderse el labio, un gesto muy común, y se dio cuenta de que no podía. Cuando lo tocó, estaba fláccido y caído y algo más: demasiado liviano.

–¿No tendríamos que llamar a la policía?

–Quedate acá a dormir si querés.

–¿Estoy exagerando?

–Creo que sí.

Alex se levantó.

–Me vuelvo. No pasa nada. Me asustó el silbido. ¿Estás seguro?

–Revisé todo. Si hay alguien, no quiere robar.

–¿Vos pretendés tranquilizarme con eso?

–Lo que te quiero decir es que un chorro ya hubiese hecho su laburo. Si alguien entró y te espera agazapado... me parece demasiado complicado como argumento.

Diego, sin embargo, parecía preocupado. O triste. Le miraba la cara con atención.

–Qué, estoy peor.

–Un poco.

Ella se sacó una selfie. El cambio era sutil pero obvio. La mitad de su cara estaba caída como los carrillos de ciertos perros, pero por algún motivo, que ella atribuyó a la luz, los surcos que deberían verse por la mejilla y el labio colgantes no eran profundos. Parecían maquillados. O borroneados. El ojo, sin embargo, estaba igual.

–Tengo que trabajar toda la noche –le dijo Diego, que, además de atender el negocio, tenía un emprendimiento de sistemas de seguridad digital para pequeños comercios como el suyo–. Andá tranquila.

Alex se tomó una pastilla para poder dormir, probó varias veces la cerradura de la puerta y, por primera vez, también le puso llave a su cuarto (la usaba para que Magnolia no entrara cuando tenía una amante y a veces para tener sexo con Tina, si estaban muy creativas) y dejó el teléfono bajo la almohada, para tenerlo cerca.

Los ojos abiertos en la oscuridad esperando al hombre en la casa. Después el sueño y darse vuelta y taparse y entonces suena el timbre, suena y no hay que ir a atenderlo porque es un niño sin cara que va a entrar corriendo, va a pasar entre sus piernas y se esconderá en la habitación de las porquerías, madre porquería, madre cenicero, las máscaras en las fiestas, mujer maravilla y freddy krueger y michael myers y barbie, baños de luna en la terraza, los dedos adentro de Tina, Tina que se duerme y se acuesta sobre Magnolia, y lo niega y lo niega y ahorcarla para que se calle, el cenicero con chicles y porros, el timbre que suena y después el teléfono, en el teléfono el ruido de la ruta y la lluvia, de un motor viejo, y la sonrisa antes de decir su nombre o a lo mejor el timbre es un silbido, toda la noche el silbido sobre la calle y el otoño.

La mañana la encontró con una especie de resaca y demasiado temprano. Su hermano no había abierto aún el negocio. En el espejo del baño notó que la parálisis no solo estaba peor, sino que el ojo medio cerrado aumentaba el efecto nebuloso, ese borrón de los rasgos. Como era incapaz de parpadear no podía despejar la visión. Se levantó el párpado y la náusea le invadió la garganta cuando se dio cuenta de que el propio ojo era una neblina, una catarata. Quiso buscar si era un desarrollo de la parálisis y se encontró con los resultados de laboratorio en el mail: una mirada rápida fue todo lo que hizo falta para saber que estaban bien. De todos modos tenía que ir al médico. Le reenvió los análisis a Tina para que se quedara tranquila y cruzó para pedirle a su hermano que la llevara a la guardia otra vez: no podía manejar porque no veía lo suficiente y por algún motivo no quería pedir un taxi, no quería ser vista. Qué estúpida, pensó, pero no podía evitarlo. En el espejo del pasillo vio más progresos en el borrón y sacó el teléfono del bolsillo para averiguar la dirección de una clínica privada donde se había operado de apendicitis, un lugar que la obra social de docentes le cubría y que era muy buena.

Cuando Diego abrió la puerta, le quitó el celular de la mano.

—Qué hacés, estás medio tarado vos, ¡no ves lo que me pasa!

—Porque veo lo que te pasa sé que no tiene sentido ir a la clínica.

—Dame el celular o te mato a golpes, te juro.

Diego le dio la espalda y le pidió que subiera hasta su habitación porque tenía algo para contarle. Alex le golpeó la espalda con los puños y Diego se dejó. Cuando la escuchó llorar, dolorido porque Alex tenía mucha fuerza, le dijo:

—Vos sabés que no es una parálisis lo que te pasa, por eso vas a venir conmigo.

Contar la historia, pensó Diego. La tenía en la carta por las dudas, pero era mejor si la ponía en palabras. Su herma-

65

na no soportaba hablar de su madre. La enfurecía recordarla. Tenía que soportar con firmeza sus gritos, sus por qué me venís con esto, sus no me vengas con mamá ahora, mamá es tu trauma, nada más te pido que me lleves a la guardia, dejá que me tomo un taxi. ¿Qué era lo mejor? Mostrarle las fotos primero. Darle las fotos, para que ella pudiese ver. Algunas las había tomado su madre, eran su propio reflejo en el espejo en el mundo de antes de las selfies. Las últimas las había sacado él en el encierro antes del suicidio, en la habitación de las porquerías, horas que ahora le parecían un sueño vívido y horrible con su madre-modelo.

La cara en las fotos seguía el mismo proceso. Primero la hemiplejía. El párpado caído, el labio exangüe que dejaba ver los dientes, la ausencia de arrugas y líneas de expresión. Luego el ojo blanco, con cataratas. Alex tiró lejos de sí esa foto cuando la vio, pero Diego siguió adelante, le siguió pasando las imágenes en silencio. El ojo que desaparecía. Como un óleo manoseado por dedos. Como cuando se usa un quitamanchas. Después la nariz. Un orificio cerrado. El otro. La nariz ausente: la cara como la de un felino. La boca que se achicaba como la de una actriz de cine mudo. En muchas su madre lloraba. En otras estaba tomando whisky con una bombilla. Alex gritaba qué es esto, tiraba las fotos al aire, sacudía los hombros de Diego, qué es esto, por qué me mostrás a esta loca maquillada, a mí no me pasa eso, no me pasa eso.

—No está maquillada, Alex. Yo la vi, yo saqué esas fotos.

—Se maquilló para vos y después matarse, siempre fuiste su sirviente.

—No. Y sabés que no. Era su sirviente, es posible, pero no soy un idiota.

—¡Eras un pendejo!

—Hermana, eso no es maquillaje.

Alex salió corriendo de la habitación y manoteó la máscara, que seguía sobre el mostrador. Aunque no quería hacerlo y apenas veía por las lágrimas, llamó un auto que, por suerte, llegó en minutos. El hospital era cerca: prefirió ir a la guardia antes que a la clínica porque le pareció que entrar a la clínica con máscara era demasiado. El chofer la miró alarmado cuando subió. Entró a la guardia corriendo y se sacó la máscara para que vieran lo que le pasaba y la atendieran pronto. En la recepción enseguida levantaron el teléfono. Aliviada, se secó un ojo, el otro no le lloraba. Pero enseguida se dio cuenta de que algunas personas de la guardia le gritaban. Muchas preguntaban qué le había pasado, pero otras la insultaban, no ves que somos gente de trabajo, te ponés esa máscara para asustarnos, boluda, sacátela, que asustás a las viejas, si a mi mamá, que tiene presión alta, le da algo, te rompo esa cara de mostra. Un señor quiso ayudarla y, como no lo vio venir, Alex le dio un codazo. En recepción no llamaban a un médico, sino a seguridad.

–¡Ya me saqué la máscara! –gritó Alex, y arrojó al suelo el plástico. Y la pisoteó–. ¡Esta es mi cara, es mi CARA, por eso necesito un médico!

Había algo raro en el aire. Alex lo había sentido antes de las peleas en la cancha, junto al olor a pólvora de las bengalas, el alcohol en el aliento y el sudor. Ese espesor de la violencia por nada, por una chispa. Lo estaba causando ella. Para defenderse, mintió:

–¡Es una quemadura! ¡Tengo la cara quemada!

Eso detuvo el griterío un poco, pero entonces ella misma se vio en el espejo detrás de la recepcionista. Se sentía ahogada, le faltaba el aire y, cuando se llevó la mano a la nariz, notó que los orificios nasales eran diminutos, casi inexistentes. Se tocó la cara. Le quedaba solo un ojo. Del otro lado no había nada, la piel dura sobre el cuenco. Se podía meter un dedo en la boca y eso era todo. La piel estaba lisa como si fuese un maniquí.

Salió corriendo antes de que llegaran los de seguridad, convencida de que no era solamente su aspecto lo que había asustado a la gente. Era algo más, algo inexorable. Lo sentía. Las fotos de su madre pasaban como diapositivas intensas por la memoria de su único ojo. En la corrida, se cayó en uno de los escalones y se resistió cuando alguien intentó levantarla porque temía un linchamiento. Pero era su hermano, era Diego, pálido y tembloroso, inseguro, también muerto de miedo.

Mamá vio bien al hombre, dijo Diego. Insistía con que era de día aún, que nada más quería llegar antes de que se hiciera de noche, pero había suficiente luz: el sol aún no se hundía en el río. El hombre que la ayudó a levantarse cuando se cayó no tenía cara. Y tenía los pies al revés. Me dijo que era así para que, al caminar, nadie lo pudiera encontrar, porque las huellas te confundían, te mandaban para otro lado. La agarró con fuerza y silbó como si llamara a alguien, pero no vino nadie más. No me dio demasiados detalles salvo que trató de encontrarle la cara, le tocó el pelo, a ver si tenía la cabeza dada la vuelta también, como los pies, pero no, no había nada del otro lado, el cuero cabelludo liso. No la besó, claro, pero silbaba, él o alguien más, no podía darse cuenta. En algún lado había una boca.

La lastimó mucho y, cuando se fue, el silbido se transformó en chistido y ella lo interpretó como que no debía decir nada, pero igual, ¿a quién le iba a decir? Su padre y sus hermanos saldrían a cazar gente y no quería volverlos locos ni que terminaran presos. Además, su padre ya tomaba mucho desde que su madre había desaparecido.

Esa noche en la mesa se hizo la tonta y contó que en la escuela le habían hablado de un duende con los pies al revés. No dijo nada de la cara, por las dudas. Su padre reaccionó trastornado. Aunque era un borracho tranquilo, melancólico, golpeó la mesa con un puño e hizo saltar los platos con fideos. Son cuentos de viejas de la selva, gritó. ¿Quién te habló de eso? ¿Te vas a volver loca como tu madre y esa pavada del tipo sin cara?

Ahí, me dijo mamá y también lo escribió, cuando fue a la curandera por si estaba embarazada, la mujer le habló de su madre, la abuela que se fue. Le dijo que ella también había venido, y también porque la violaron. La violó un señor raro, dijo la curandera, e hizo la señal de la cruz. Se dio cuenta, entonces, de que a su madre le había pasado lo mismo en la cara, y por eso se había ido. Ella nunca había estado enojada con ella por abandonarlos, porque aguantar a su padre era una tarea que no le deseaba a nadie.

Mamá me dijo que no insistió con el cuento del duende, pero el abuelo no comió esa noche y terminó borracho por ahí. Ella pensó que el tipo sin cara a lo mejor era un leproso, y al día siguiente se puso a averiguar. Preguntó en la biblioteca y le dijeron que recién había un leprosario en Santa Fe, muy lejos. Igual ella creyó, por un tiempo, que era un leproso que vivía en las quintas, un enfermo que las había violado a ella y a su madre, aunque en las fotos de los libros de la biblioteca la lepra se veía distinta. La del hombre era una cara lisa como una sartén.

—A mí no me violó nadie, Diego.

Alex estaba sentada en el sillón, tratando de mantener abierto el ojo que aún le quedaba.

—También lo pensé. ¿Nunca?

–No, y menos un tipo. Y menos un tipo sin cara. Por favor.

–No sé. Siempre odié este secreto y siempre esperé no tener que contártelo.

–No empieces a tener lástima de vos mismo.

–No tengo. Más lástima me das vos, que seguís enojada.

–Mi madre era una yegua y encima no me cuenta esto y querés que no me enoje.

–¿Y qué te iba a contar?

Alex se tocó la boca.

–Es como si se me pegoteara con algo bien fuerte. Todavía me entra un dedo. Dame agua.

–Mamá me pidió que me callara, por si no te pasaba.

–¿Y la comida?

–No sé. Mamá no comía.

–Lo que me acuerdo es de que en el cajón, cuando la velamos, tenía la cara entera.

–No te acordás de nada porque te pusiste en pedo y estabas rabiosa como un perro. El cajón estaba cerrado porque se destrozó contra la vereda.

–¿Y nadie se dio cuenta de que le faltaba la cara? Los suicidios se investigan.

–Se reventó la cabeza contra la vereda, Alex. Era como una pulpa todo.

Cuando escuchó «vereda», Alex solo vio oscuridad a su alrededor y empezó a gritar. Había perdido su otro ojo.

Calmarla fue inútil y Diego la entendía. Toda la historia, dicha así, y en dos días, parecía un disparate, un delirio. Accedió a llevarla a la clínica. El auto era una mugre con olor al perro, pero Alex seguro ya no podía oler.

¿Cómo se paraba esto? ¿Qué era distinto? Él había investigado sobre su abuela y tenía su historia apenas reconstruida. En el pueblo algunos la habían visto con la cara tapada por un pañuelo, pero pensaban que huía disfrazada para encontrarse con otro hombre. A lo mejor ese mismo hombre que supuestamente la había violado. La curandera tampoco había sido discreta, no guardó su secreto. Pero ¿si se equivocaba? El primer día pensó que estaba sugestionado cuando vio la cara de Alex. Pero también había presenciado la reacción en la guardia del hospital. Esa gente no solo había visto la cara borroneada, sino que se había dado cuenta de que no era una enfermedad ni una herida. Como él se había dado cuenta cuando le pasó a su madre. Había soñado con ella tantas noches. Aparecía con una media en la cabeza. Su novia lo había dejado porque era imposible dormir a su lado, se despertaba gritando cuando sentía en su cara el aliento a alcohol y veía la media puesta como una venda. En el sueño se la sacaba y debajo no tenía rasgos, pero silbaba. A veces también la soñaba levantándose de la vereda, con las piernas rotas y la cara ensangrentada, llamándolo por su nombre.

—Tengo sed —le dijo Alex en el auto, y apenas le entendió. Gemía porque no tenía ojos para llorar.

Alex derramó la mitad de la bebida sobre sus pantalones. Cuando se tocó la boca, se dio cuenta de que era casi toda piel. Gritó, y Diego le dio un sorbete que había traído consigo del negocio de cotillón para que usara la comisura de los labios, donde aún había un resquicio.

Pararon en un semáforo en rojo y Alex le pidió a su hermano que, por favor, detuviera el auto. Sacame una selfie, le dijo. Ya apenas se le entendían las palabras. Y mandásela a Pato. Era su mejor amiga.

La respuesta llegó enseguida: «Qué me querés mostrar. Saliste toda movida. ¿Conociste a una péndex y le querés robar fotos? Estás en modo selfie, pelotuda».

Entonces Alex se empezó a golpear las piernas con los puños. Estaba furiosa.

Siempre había estado enojada con su madre, por matarse, porque era una persona horrible y distante y traumada y negadora, ¿y ahora le heredaba esta cosa? Sintió que el enojo de años que la hacía romper sábanas y golpear paredes y darse la cabeza contra la pared se le iba entre los dedos como arena porque había llegado, al fin, al corazón del daño. Le creía a su hermano, porque le había hablado desde la tristeza profunda del secreto. Le preguntó a su hermano cómo se veía. Él le dijo que como si alguien hubiese pintado un retrato al óleo y con la mano extendida dispersara la pintura fresca, en círculos, para que los rasgos se confundieran.

—¿Qué querés que haga? —preguntó Diego.

—Contame todo lo que falta, lo de la abuela, todo. Y después llevame a casa de Tina, quiero estar con mi hija.

Era de noche cuando volvieron. Habían hablado durante horas. Por el viento del otoño, la gente se había metido en sus casas. Entraron a la casa de Diego porque Alex quería llevar una máscara y la de Myers había quedado rota en la guardia. Te traigo otra, dijo él, pero ella se negó. No quería estar sola, ciega, en el auto.

En la casa sonó el teléfono fijo, una cosa absolutamente extraña, pero Diego todavía tenía uno, nadie sabía para qué. Mucha gente conservaba las líneas por los padres y abuelos que no sabían usar celulares, o por los cortes de luz, pero ellos no tenían padres y en el barrio, por ahora, todavía los cortes eran esporádicos y solo en verano. En eso, al menos, tenían suerte.

Alex quiso atender. Escuchó una especie de estática o de auto en la ruta, el viento que entraba por las ventanillas de un vehículo muy veloz. Y después, inconfundible, el silbido. No una armónica ni música ni un pájaro. Un silbido, un llamado.

La puerta de la calle se abrió sola y Diego, sobresaltado, corrió sin pensar. No había nadie.

—Vamos —dijo Alex con dificultad.

—¿Adónde? —preguntó Diego.

—A lo de Tina.

Tenía una idea y le daba vueltas, como a la careta de Myers que llevaba en las manos. Pensaba usarla un rato después de que Magnolia se tranquilizara, porque iba a ayudar. Ella ya no podía salvarse, lo intuía. Incluso si no se moría, porque aún respiraba de alguna manera, se iba a morir de hambre y no iba a permitir que la alimentaran con una sonda, por ejemplo. Esto no era reversible. Pero si Magnolia sabía la historia de las mujeres sin cara de su familia, la nena tendría una oportunidad. Lo único común era ese no saber. Necesitaba a Tina de testigo y custodia para que se lo contara a Magnolia si por casualidad lo olvidaba en el futuro, porque se iba a olvidar de esa cara no cara, lo tenía que tener presente aunque pareciera el cuento de una loca, de un linaje de mujeres locas. Tina tenía que lograr que Magnolia lo recordara y lo creyera. Diego podía ayudar: estaban las fotos. Las de su madre y las que su hermano le sacaba ahora mismo, en el auto. Una, dos, cientos. ¿Tina tendría una cámara clásica? Era más confiable que lo digital. Tenía que tocar el timbre con la máscara puesta para que su exmujer la dejara entrar. Tenía que mostrarle a ella las pruebas porque Tina siempre exigía documentación, así que cargaba con la carta de su madre y las fotos. Y después hablar con Magnolia. Se lo tenía que decir ella, evitar que se pusiera a gritar como hacía a veces porque era un poco malcriada. Le iba a llevar un tiempo, pero aún respiraba, respiraba sin nariz, casi sin boca. ¿Sería a través de la piel? ¿Estaba mutando?

A cien metros de la casa de Tina, el auto de Diego se detuvo como muerto. La llave no lograba hacerlo arrancar. La batería no reaccionaba. Ni un sonido salvo ese chasquido de motor acabado. Afuera, en el silencio, llegó la llamada en el viento. El silbido. Alex no lo pensó. Se bajó del auto aunque no veía, pero conocía esa cuadra, caminó tocando las casas, la puerta de la rotisería, la cortina de la masajista, la puerta hermosa del viejo simpático, el edificio de pocos pisos. La casa de Tina era a pocos metros de ahí. Corrió lo más rápido que pudo con las llaves de Tina en la mano en caso de que no abriese la puerta inmediatamente, siempre las llevaba encima por una emergencia, esto era una emergencia, y corrió con la cara que recibía todo el aire y no dolía, era agradable, esa cara que no sabía ya si era suya, si seguía estando ahí, si era la de su madre o la de su abuela, si iba a encontrar la casa o corría hacia el río, sin saber si contarle todo a su hija iba a ser el fin o solamente otra risa burlona del silbido, que no paraba, que sonaba cada vez más cerca, si contar todo no sería otro truco como el de los pies cuyas huellas siempre llevaban a otra parte, lejos de su dueño.

JULIE

I shall plunge down into the abysmal horror of madness and death–or I shall walk upon the dawn.

MARJORIE CAMERON

La trajeron de Estados Unidos directo a mi casa en Buenos Aires. No querían que pasara tiempo en un hotel mientras buscaban un departamento para alquilar. Mi prima gringa Julie: había nacido en Argentina, pero, cuando tenía dos años, sus padres, mis tíos, habían migrado. Se instalaron en Vermont: mi tío trabajaba en Boeing, mi tía –la hermana de mi padre– paría hijos, decoraba la casa y secretamente hacía reuniones espiritistas en su amplio y hermoso living. Latinos ricos, rubios, de apellido alemán: sus vecinos no sabían muy bien cómo ubicarlos porque venían de Sudamérica, pero se apellidaban Meyer. De todas maneras, la primera hija delataba la sangre morena infiltrada, la de mi abuela india: Julie tenía los ojos oscuros y muertos de un ratón, el pelo implacable siempre erizado, la piel del color de papel madera. Creo que mi tía llegó a decir que era una hija adoptiva para diferenciarse. Mi padre se enfureció tanto cuando escuchó el rumor que dejó de escribirle y de llamar a su hermana al menos por un año.

La comunicación con mi familia gringa, aunque frecuente, era trivial. Fotos en la nieve. Esos horribles retratos que les gustan a los norteamericanos con las sonrisas anchas, el fondo azul cielo de verano, las ropas domingueras. Charlas sobre los logros familiares, todos económicos: el nuevo auto, los viajes a Nueva York y Florida, las aplicaciones a universidades (siempre de los varones: Julie elegía «otros caminos»), las Navidades blancas, los animalitos del bosque cercano que arruinaban el jardín, la permanente renovación de cuartos y cocina. Por supuesto, nadie podía ser tan feliz como ellos y nosotros teníamos muy claro que mentían, pero apenas nos importaba. Vivían lejos en ese otro mundo rico al que jamás nos invitaban: nunca dijeron «les compramos pasajes» o «vengan a pasar un Año Nuevo en la nieve». Datos de su egoísmo y tacañería. En las fotos que enviaban Julie siempre aparecía seria, mal vestida y, sinceramente, fea. Gorda. Hinchada quizá, y con el pelo enmarañado y débil. Parecía una enferma grave.

Julie tenía veintiún años cuando sus padres, mis tíos, decidieron traerla de vuelta a la Argentina. Yo era un año más chica, apenas. Hubo muchos gritos, primero por teléfono y después en la casa sobre si aceptar o no la visita, que amenazaba ser larga. Yo vivía con mis padres: no conseguía trabajo, no tenía dinero para irme. La casa, aunque algo descuidada, era grande y cómoda. El problema no era el espacio. El problema era que la familia gringa nunca nos había ayudado. Nunca habían mandado un solo dólar. Nunca habían preguntado qué necesitábamos, y habíamos necesitado muchas cosas durante todos los años argentinos de crisis, renacimiento, pérdida, locura, desastre y renacimiento. Mi padre, además, tenía una objeción ideológica. Volvían porque, en efecto, Julie estaba enferma y habían gastado fortunas en tratamientos en Estados Unidos. No todo era cubierto por el todopoderoso seguro de salud de Boeing. O, probablemente, mi tío no era un empleado de la compañía tan prominente como le gustaba alardear. Vienen a usar la salud pública de este país, bramaba mi padre. Mi madre no trataba de conciliar, no decía «es tu hermana». Lo dejaba pegar portazos. Sabía que, finalmente, íbamos a recibirlos.

Llegaron una noche de lluvia en pleno verano. Acompañé a mi padre al aeropuerto. Julie era bizca, obesa, estaba vestida con un equipo de gimnasia de algodón color gris y el viaje en avión le había hinchado las manos. Pensé que no había nada que salvar: hay gente que se deja estar, que va demasiado lejos, que un día se levanta y está loca y monstruosa. Julie era así. El pleno abandono. Y nosotros ni siquiera sabíamos qué le pasaba exactamente. Mi tía apenas había llorado por teléfono, son cosas que se dicen cara a cara, pero es un problema mental. Es mental.

Las discusiones se daban alrededor de la mesa de la cocina. Yo trabajaba y estudiaba, veía poco a mis padres y a mi familia gringa, pero siempre asistía a las discusiones nocturnas. Ellos estaban de malhumor: no les gustaban las veredas rotas (en realidad no estaban rotas, en Buenos Aires son irregulares, las raíces de los árboles desencajan las baldosas, no son lisas y de cemento, pero, en fin, mis tíos hasta se caían), desconfiaban de los médicos que habían ido a visitar, se escandalizaban por la cantidad de gente que vivía en la calle (y esto hacía aullar a mi padre, que contraponía a los indigentes de Nueva York y Los Ángeles), no les gustaba la comida, extrañaban el frío y el Nutella y la variedad de yogures en el supermercado. Julie apenas hablaba, aunque era educada. Pasaba la mayor parte del tiempo en su habitación. Era esquizofrénica, decía mi tía, pero en los últimos años había empeorado mucho.

No quería dar detalles. Nunca nos lo había contado porque deseaba para su hija una vida normal, decía.

Siempre estaban vestidos con ropa deportiva, los tres. Remeras y pantalones de algodón, zapatillas, nada de maquillaje. Así son los gringos de entrecasa, decía mi padre. Pero ellos no son gringos, insistía yo, y él me pasaba una mano por el pelo.

Las discusiones seguían. No quiero que se atienda en el Moyano, parece un manicomio del siglo XIX, decía mi tío. Mi madre, ofendida, aseguraba que ella se había tratado ahí una depresión y que, en efecto, las instalaciones estaban deterioradas por negligencia de las autoridades, pero los profesionales eran de excelencia. Yo me metí en la discusión: ustedes vivieron acá, les dije, no hace tanto, y el Moyano siempre fue igual. Todo estaba deteriorado para ellos, los príncipes de Vermont. Mientras tanto Julie no parecía demasiado loca, salvo por cómo comía: sin parar, con las manos, sin respirar hasta que el plato estaba vacío y después sonreía y entonces se tomaba medio litro de Coca-Cola. Estaba medicada y seguramente a eso se debía su silencio.

La gran discusión estalló una tarde, cuando volvieron los tres de la consulta de una psiquiatra famosa. Habían llorado, se les notaba. También rezongaban porque el taxi había sido caro y encima era un auto viejo que apestaba a gasolina (decían «gasolina» y no «nafta» como si hablaran en doblaje mexicano). Cuando entraron, nos ignoraron. Yo tenía el día libre, mis padres recién llegaban de trabajar, debían ser las seis de la tarde.

Es tu culpa, gritaba mi tío. *Your fault. You and your damned ouija board!*

Mi padre dijo en esta casa se habla cristiano. Son mis invitados. Sos mi hermana. ¡Son argentinos, carajo!

Lo miraron desconcertados y vi a mi tía quebrarse. Noté las canas que asomaban de su cuero cabelludo, los anteojos ladeados, las arrugas que le marcaban los costados de la boca como tajos verticales o decoraciones rituales. No fue eso, dijo, no pudo ser eso, era un juego.

Basta de misterio, dijo mi padre. Se puso de pie, se cruzó de brazos y exigió saber la historia. Mi tía se la contó llorando como una criatura. Julie estaba presente, muda pero impresionada. Mi tío miraba el piso y en un momento, cuando la narración de los detalles de la locura llegó a la impudicia, tuvo que salir al patio.

La historia no era tan complicada, hasta era un convencionalismo de película de terror. Era casi *El exorcista*. Julie había empezado a jugar con un amigo invisible de chica, luego con varios. Le duraron demasiado: tenía catorce años y seguía hablando con sus amigos. Le dijo a mi tía que habían llegado a la casa en las sesiones de espiritismo que, durante años, fueron reuniones sociales. Reuniones que se detuvieron entonces, ante la revelación, y se dictaminó que las «voces» nada tenían que ver con los fantasmas sino con la esquizofrenia de Julie, potenciada por los problemas en la escolarización que obligaron al *homeschooling*. (Julie no tenía ninguna posibilidad de sobrevivir a la secundaria con ese aspecto, ni en Estados Unidos ni en ninguna otra parte). Los amigos-espíritus-voces no hacían nada, solamente hablaban con ella, no tenían sugerencias macabras, no rompían cosas ni hacían ruidos como *poltergeists*. Era fácil convivir con ellos y Julie. Sí, resultaba *creepy* escucharla parlotear y reír y a veces llorar con nadie, pero si eso iba a ser todo, pues bien, era compatible con una vida normal. ¿Y mis primos? Ellos ya estaban en la universidad. Se habían perdido, por suerte, la peor y más reciente fase de la enfermedad.

Mi tía fue quien encontró a Julie teniendo sexo con los espíritus. Mi madre se atoró con el vino cuando escuchó esto y escupió un buen trago sobre la mesa: parecía sangre aligerada, demasiado acuosa, sobre la fórmica blanca. Mi padre miró a Julie con pudor y ella le contestó con una mirada descarada. Ahí se fue mi tío. No sé cómo lo hace, continuó mi tía, ya sin vergüenza, aliviada. Se masturba, claro, pero no es una masturbación convencional. Si la vieran: se le marcan en el cuerpo dedos. ¡Hay manos que le retuercen los pechos! ¡Manos invisibles!

Se puso a llorar. Por decir algo, yo dije que me recordaba a la película *El ente*.

Julie habló entonces. Su castellano era neutro pero perfecto.

Es diferente. En esa película la protagonista es violada, si es la misma a la que te refieres. A mí me gusta lo que ellos me hacen. Son los únicos que me quieren.

No hizo una salida dramática ni acompañó a su madre en el llanto. Sencillamente abrió una bolsa de papas fritas y se puso a comerlas como comía todo: a dos manos, la sal y la grasa pegadas a los labios.

Los médicos dicen que es posible, dijo mi tía mientras se secaba la cara con un *tissue*. Que a veces la mente puede ejercer un poder sobre el cuerpo tan grande que se producen reacciones inexplicables.

Como lo psicosomático, intervino mi madre y se puso a contar sobre su depresión y la colitis ulcerosa, las diarreas con sangre, el asma que como vino se fue. No me gusta recordar la depresión de mi madre: fue posparto y creo que es mi culpa. Bueno, no lo creo: lo fue. Yo la causé, las intenciones no cuentan.

Julie se terminó las papas, negó con la cabeza y aseguró que todas las pastillas y los tratamientos del mundo no iban a curarla porque no había nada que curar. A mí me gusta, dijo. No sé por qué es un problema, dijo.

Ah, no lo sabés, gritó mi tía, y le arrancó la bolsa de papas de las manos. Ella se limpió la grasa de las manos en nuestro sillón. Igual los sillones estaban bastante sucios.

No lo sé, dijo Julie. Y agregó en inglés que su vida sería normal si no estuviese arruinada por medicamentos, las pastillas que engordaban y deformaban. *I became a monster*, dijo. *But they want me anyway.*

Mi tío entró. La escuchó cuando contaba, en inglés, sobre el placer de esos dedos fantasma, que no eran fríos, que eran una delicia. Le dio una cachetada que le hinchó la boca de inmediato aunque no hubo sangre. Y le dijo puta. *Whore*. Ella, acostumbrada, se retiró a la habitación con su teléfono (nunca se desprendía del celular). Nosotros nos quedamos temblando. Mi tía fingió un desmayo, creo que para que dejáramos de pensar en la imagen de su hija obesa, en la grasa bajo la piel que manipulaban con goce y amor las manos del más allá.

Después de tres semanas, amenazaron con irse, pero no de vuelta a Estados Unidos (nadie preguntaba cuál era el estado de sus empleos y ellos no lo mencionaban), sino a alquilar un departamento para «dejar de molestarnos». Mi madre les pidió que se quedaran, por cortesía, y ellos, tan groseros como siempre, dijeron muchas gracias y no volvieron a mencionar la partida.

No tienen un mango, decía mi padre entre dientes mientras regaba las plantas de nuestro jardincito interno y, de pura rabia, empapaba al gato que corría indignado y se ocultaba tras el helecho mayor. La trajeron acá porque allá no pueden pagarle un tratamiento, es carísima la psiquiatría en Yanquilandia, y acá el cambio los favorece.

Además, hay mejores profesionales en salud mental. Allá no saben nada. Te medican y se acabó.

Sin embargo, no los echaba. Después de todo, era su familia, y Julie siempre cerraba con llave la puerta de su habitación. Si tenía sexo ahí dentro, era muy discreta. Había empezado un nuevo tratamiento que implicaba internación medio día y más medicamentos. Volvía medio dormida y estaba más pálida y más gorda. A mí me daba mucha lástima, pero no sabía qué hacer. Mi tío se acostaba borracho. Mi tía se la pasaba en Skype con sus amigas gringas y a veces con mis primos, que saludaban amablemente pero parecían muy desinteresados. Los entendí: qué alivio sacarse de encima a Julie y a sus padres y tenerlos tan lejos.

A veces, antes de ir a la facultad, Julie y yo tomábamos el desayuno juntas en el patio. Era otoño, días preciosos, y ella quizá por imitarme comía con más decencia. Igual se manchaba, pero no era su culpa. Era la medicación que la hacía temblar. Mi prima me caía bien. Tenía dignidad. Y no retrocedía. Yo escuchaba a sus padres hablando en inglés (suponían que nosotros no los entendíamos), discutiendo porque los médicos no podían convencerla de que los espíritus amantes no existían. Ella estaba segura, ella se sentía querida, ¿por qué sacarle eso? La veía en el patio antes de ir a su media internación, mirando las plantas, sonriéndole al gato, y cada mañana, mientras ella deglutía sus cereales y yo tomaba mi café, trataba de buscarle una solución que la liberara a ella y sacara a mis tíos de la casa. Además, por las conversaciones, por las discusiones, supe lo que ellos querían: internarla. Dejarla en Argentina. Volverse sin la hija loca que quedaba tan mal en las reuniones, no tanto por su sexo con los espíritus –eso podía permanecer secreto– sino porque su estado les negaba planes de viajes a Florida, de mudanza quizá, de casa frente al lago. La iban a abandonar. No podían pagar una institución en Estados Unidos. Acá podían ubicarla en un lugar público, gratis. Julie era argentina, después de todo. ¿Y quiénes quedarían encargados de visitarla? ¿Mis padres? ¿Yo?

Tenía que haber otra gente como ella. No sé si le creía o no: eso no era importante. No les dije nada a mis padres ni a Julie ni a nadie: ni mis amigos sabían los detalles del caso. Me sumergí en internet. Debía haber más gente que tenía sexo con espíritus y seguro que se congregaba, con suerte, en una comunidad que no fuese anónima ni que solo existiese online. Había gente que compartía sus fetiches por estatuas y maniquíes, incluso por juguetes de peluche; había hombres que tenían sexo disfrazados de bebés y mujeres adictas a comer plástico y hombres y mujeres que se excitaban lamiendo globos oculares.

Sin embargo, lo del sexo con muertos fantasma no resultó tan fácil de encontrar. Julie se dejaba amar por los muertos invisibles, lo suyo nada tenía que ver con la carne, fría o caliente. Al principio lo más cercano que encontré fueron necrófilos en perpetua queja por no poder siquiera acercarse a un féretro abierto. Leyendo su procacidad empecé a darme cuenta de la elegancia de Julie. De su rechazo a la vulgaridad incurable de sus padres. De cómo había arruinado su cuerpo hasta lo grotesco para demostrar que, a pesar de todo, era bello en algún lugar que nosotros no conocíamos y ella sí. ¿La admiraba? No sé. La envidiaba un poco. No quería su desamparo, pero tampoco tener que ser su cuidadora.

Tras una semana de búsqueda intensiva, cuando ya me daba por vencida (una semana de búsqueda online es demasiado, muchísimo tiempo), encontré a un grupo en Estados Unidos, The Marjorie Cameron Church in the Desert.

Tuve que pagar y escribir una nota de pedido de admisión y esperar la respuesta de los administradores, pero una mañana encontré el mail de *Congratulations* en mi bandeja. Y esa misma noche chateé con una tal Melinda y le conté mi dilema. Nuestro dilema. Ella quiso saber por qué no hablaba Julie y le expliqué que estaba muy medicada. Melinda entendió: siempre nos patologizan, me dijo. Organicé, sin decirle nada a Julie, una cita con Melinda para el día siguiente. Por Skype, pero solo una llamada: no había confianza para verse las caras.

Cuando se lo conté a mi prima, tembló. Hablé un poco en inglés y otro en castellano, a pesar de que sabía perfectamente que ella me entendía en nuestro idioma. No pude terminar de explicarle. Tiró al piso su desayuno, dio tres pasos hasta mí y me abrazó con verdadero agradecimiento. Extraño: olía muy bien. A pesar de su brutalidad y torpeza con la comida, era escrupulosamente limpia. ¿Se guardaría para sus amantes? La miré a los ojos.

¿Por qué no los buscaste vos?, quise saber. Estás siempre con el teléfono, estás siempre online.

No lo sé, dijo sinceramente. Me daba miedo. Otros como yo. La gente me da miedo.

Entonces ¿vas a tener miedo esta noche? ¿Suspendo la cita?

No, me dijo con los ojos redondos, y agitó sus deditos rechonchos. Ellos quieren encarcelarme. ¿Lo sabías?

Lo sabía.

Tenés que escapar, le dije.

Julie asintió.

En el Buquebus que nos llevaba a Uruguay, Julie estaba tan feliz que ni siquiera le importaban las miradas de desaprobación de las flaquísimas mujeres que cruzaban el Río de la Plata para pasar un fin de semana en Colonia. Habíamos escapado justo a tiempo, con la tormenta familiar desatada. Mi tío ya había vuelto a Estados Unidos, pero ahora la que anunciaba su regreso era mi tía, llorosa, quejumbrosa, falsa hasta el escándalo. Había conseguido una clínica muy buena, decía, y se comprometía a pagarla. Cómo no voy a pagar por mi hija, gritaba. Mi padre, cruel y seguro al mismo tiempo, llamó por teléfono a la clínica y, por altavoz para que todos pudiéramos oírla, nos hizo escuchar cómo la encargada de contabilidad decía que sí, tenían fecha de admisión de la paciente, pero aún no habían recibido ningún depósito de dinero. Mi padre colgó, mi tía, hecha una fiera, gritó que ella no iba a condenarse a pasar lo que le quedaba de vida con ese monstruo y que si había sido su culpa, si las sesiones habían traído esta desgracia, pues no pensaba cargar con esa culpa tampoco. Yo no escuché el griterío: estaba trabajando. Me enteré por Julie. Desde esa primera noche con Melinda había hecho grandes progresos: ya eran amigas. Me habían prohibido participar de las conversaciones y accedí, aunque me daba curiosidad. Entendía. Resultó que las visitadas por espíritus —así se hacían llamar— no eran solamente mujeres, había muchos visitados también. Resultó que tenían su propia comunidad: en Estados Unidos, vivían en un *trailer park* en Arizona. La Asociación se llamaba así en honor a una viuda ocultista, Marjorie Cameron, que había logrado tener sexo con el espíritu de su propio esposo muerto. (La historia de Cameron es más larga y extraordinaria.) No había muchas como ella, como Marjorie, pero Melinda le prometía a Julie que, si ella así lo deseaba, podía conocer la identidad de los espíritus que la visitaban. Si no lo deseaba, permanecerían anónimos. La libertad era total. El

85

problema era que no existía ninguna rama de la Iglesia en la Argentina. Nuestra única y pequeña comunidad en Sudamérica está en Uruguay. La pronunciación del nombre del país había sido atroz y todavía resultaba más estúpidamente atroz que esta Melinda no supiese que Uruguay quedaba justo enfrente de Buenos Aires, con un río de por medio, pero yo no pensé que por esta ignorancia ella fuese un fraude. Era gringa: los gringos son así. No saben nada del mundo, son incapaces de enterarse, no se les ocurre mirar un mapa. Julie estaba de acuerdo conmigo. Así son, asentía.

Entre Julie, Melinda y yo organizamos el recibimiento en la comunidad uruguaya. Quedaba a las afueras de un pueblo cercano a Colonia, Nueva Helvecia o Colonia Suiza. Ese lugar era famoso por retiros new age y comunidades que practicaban alguna espiritualidad alternativa. Entendí. Era un buen lugar para ocultarse.

Julie le tuvo un poco de miedo al barco, me di cuenta. Habíamos tomado el primero de la mañana, bien temprano: nos fuimos después del desayuno. Yo podía volver esa misma tarde quizá: nadie se daría cuenta. Pero no tuvo nada de miedo cuando cruzó la frontera con su pasaporte gringo ni cuando alquiló un coche y dio un nombre falso. Sabía cómo cubrirse las huellas. ¿Enseñanzas de Melinda? Manejé yo. Nueva Helvecia quedaba muy cerca de Colonia: sesenta kilómetros. Julie seguía tomando las pastillas; Melinda le explicó que en la comunidad sabrían cómo ayudarla a dejarlas y manejar la abstinencia. Teníamos las coordenadas, la descripción de la casa que buscábamos y un nombre: Rolf. Seguro no era real. Qué fácil era desaparecer, pensé. Hacía falta determinación, no demasiada, alguien en quien confiar y un poco de dinero. Julie le había robado a su madre unos quinientos dólares. Estaba bien para empezar, ellos no pedían más. Se autoabastecían, tenían una chacra, recibían donaciones. Uno de los integrantes, además, era el dueño de la tierra, varias hectáreas. Un uruguayo rico. No sé si era visitado por espíritus o un simple benefactor morboso.

Julie habló bastante en el corto viaje: una hora de Buquebus, otra de auto. Me contó sobre las primeras visitas, sobre las diferencias entre los visitantes: a uno le gustaba especialmente lamerle el agujero del culo, lo dijo así, como una bestia, y casi me mareo: estaba perdiendo la elegancia. O quizá de verdad estaba loca. Ahora ya no lo sabría. Le pedí que se callara, le dije que podríamos perdernos, y se quedó en silencio pero ofuscada. Yo no la conocía, me daba cuenta. No sabía si sus padres, aunque gringos y tacaños y desagradables, estaban diciendo la verdad. Quizá ellos sí la escuchaban hablar de manera explícita, desbocada, y estaban hartos. Quizá le habían enseñado a comportarse en público, con ayuda de las pastillas. Ah, ¿y si me había equivocado?

Llegamos a la casa indicada. Era bonita, pero parecía algo abandonada. El silencio lo quebraba el cacareo de gallinas. Rolf esperaba vestido de blanco. Era alto y canoso. Llevaba anteojos negros. Podía, cómo no, ser un asesino. Mi prima se arrojó a sus brazos y después a los míos. Afuera del auto, yo encendí un cigarrillo. Le ofrecí el paquete a Rolf, que rechazó. Le habló a Julie. Le dio la bienvenida. Yo le alcancé el bolso: ella saltaba, infantil, el culo enorme (ese que le chupaban tan bien) zangoloteaba como si estuviese lleno de agua. Me puse los anteojos oscuros: había demasiado sol. Rolf me agradeció y después dijo, con un acento puramente uruguayo que delataba lo apócrifo de su nombre: «Hasta acá llegaste».

¿La van a tratar bien?, pregunté.

Rolf me sonrió. Tenía una dentadura perfecta, blanquísima, cuidada.

Por supuesto, dijo. Y puedes visitarla.

Julie volvió a besarme y después se fue. Rolf cargaba su bolso. Ella hablaba sin parar. Supe lo que iba a pasar.

Yo volvería a casa. Fingiría no saber nada del paradero de Julie. La buscaríamos un tiempo. La daríamos por desaparecida. Sus hermanos vendrían; volvería su padre. Se la daría por muerta. Y yo regresaría a Nueva Helvecia y jamás encontraría la casa linda pero algo abandonada, ni vería otra vez los dientes de Rolf ni a mi prima alejándose con su culo desbordado por un camino de tierra seca, bajo el sol, al encuentro de los que son como ella.

METAMORFOSIS

El cuerpo no es un castigo: el castigo es que
se hable tanto de él hasta que duele tenerlo.

SONIA BUDASSI,
Animales de compañía

No te lo dicen, no avisan. Me enfurece. La piel se
seca, la grasa se acumula en las caderas y las piernas y el
vientre, la celulitis se acentúa de un día para el otro, ese
pelo muerto que es la cana resulta imposible de domar.
No les pasa a todas, por eso es peor aún; deberían adver-
tirte de que vas a estar en la minoría deforme y acalorada
y llorona. Porque yo salgo a correr y a caminar y ando por
la vida a paso rápido; y en el verano de esta ciudad, que es
largo e intenso, miro las piernas de las mujeres de mi
edad, cuarenta y muchos, y no todas tienen grasa imanta-
da, de ninguna manera, y no todas se ponen matronas; y
está lleno de caderas estrechas y pantalones que caen sueltos y vientres más o menos planos. Y deben comer menos
queso y carne que yo, estoy segura, todas anoréxicas no
son, o a lo mejor sí, pero yo no puedo dejar de comer porque tengo migrañas y uno de los disparadores de los dolo-
res de cabeza es tener el estómago vacío porque no sé qué
ácido gástrico produce ese martillazo que da en el ojo y
duele hasta en el cuello. Capaz se lo aguantan, quizá soy
débil, en cualquier caso las odio y quiero que mueran. Se
lo dije a una amiga y me dijo no odies, todo vuelve, y no

la vi más y ya no es mi amiga. El pensamiento positivo es perverso, lo mismo que la buena voluntad.

Mi ginecóloga exuda ambas cosas, las dispersa, aromatiza los ambientes con su sonrisa. Yo la aguanto porque sé lo eficiente que es como profesional, su experiencia en el hospital público y como docente, su carísimo consultorio en el que se aprovecha de su prestigio, lo que me parece bien. Sobre el escritorio de madera vieja para dar idea de solidez, supongo, o de masculinidad (aunque ella es una pelirroja pecosa y delicada, tan femenina que huele a jazmines), tiene una escultura móvil del aparato reproductor femenino, un objeto de intensa psicodelia porque los ovarios se mueven, mejor dicho, giran como en un ábaco, el útero parece flotar y, en una primera impresión, es igual a un escorpión sin cola (y blanco). El útero es lo que ella señala con su dedito pálido y pecoso, y me indica que fizzz, hay que sacarlo. Tengo muchos miomas, me explica. Son tumores benignos pero sangran demasiado y por eso estás siempre anémica. Ya me di dos transfusiones de hierro que me causaron tendinitis. No son transfusiones, me dice ella. Lo que sea, le dije yo. Me inyectaron hierro, y encima al lado de gente que se hacía quimioterapia, con lo cual todo mi mareo y dolor en el brazo resultaba cobarde y vergonzoso.

Es una operación de rutina. Los ovarios los tenés bien, así que te los dejamos y tendrás la menopausia cuando llegue. Yo no doy hormonas. Bueno, le dije. Pero ya estoy en menopausia. Premenopausia, me dice, aún sonriendo, si no ya no tendrías la menstruación. OK, pero se entiende lo que digo, ¿no? Estoy seca. Tengo ataques de calor y tengo que volver a casa a cambiarme la ropa porque transpiro como un camello. Los camellos no transpiran, se ríe, y yo la miro con desprecio, pero no mucho, porque ella es quien enarbolará el cuchillo sobre mi vientre. Me sugiere unas cremas. Habla de climaterio, palabra que me suena a flores preservadas en invernadero antes de la muerte. Me recomienda gel y toallitas íntimas y otros dispositivos de mantenimiento, en especial una sustancia para heridas producidas por el resecamiento.

Me alegro de carecer de pareja para que no tenga que tocar este cuerpo chapoteante de cremas. Me asegura que ciertas marcas, las más caras –que puedo pagar, le aclaro, porque estoy mal vestida por hartazgo, no por falta de dinero–, absorben bien y enseguida queda la piel seca nutrida y sin pegoteo. Es mentira, por supuesto, y algunas cremas, cuando me masajeo la piel, sueltan asquerosos hilos negros que parecen mugre, pero es solo la falta de absorción. O mi piel renegada que todo lo rechaza.

En esa consulta, además de con las cremas, salgo con fecha de cirugía. Te va a encantar dejar de menstruar, gorjea. Por una vez puede que tenga razón. También me voy con una orden para comprar una faja que deberé usar para no descoserme ni que los órganos queden flotando (sus palabras); recién me avisó sobre su necesidad y existencia en esta última consulta porque, como dije, no te avisan nada. No te dicen que el cuerpo vuelve a cambiar. Estoy tan asombrada como cuando una amiga me contó que, en el parto, el esfuerzo y la cabeza de la criatura le rompieron el coxis. Otra contó, en la misma charla, que había quedado con un problema pelviano que no la dejaba correr.

Pero, por favor, les dije, ¿no los odian a los chicos? No, me contestaron, no tienen la culpa.

Claro que no, pensé. La tienen ustedes por querer ser madres.

Tampoco te avisan, claro, que sacarte el útero duele hasta el llanto y el grito; de rutina, repiten, de rutina, para ustedes de rutina, sádicos insolentes, una no se puede dar vuelta en la cama, pretenden que duerma boca arriba, pido opiáceos aullando. Mi ex vino a «cuidarme», creo que porque aún no firmamos el divorcio y tenemos casa en común y se pretende solidario. Como siempre, cuando yo no paraba de llamar al enfermero porque creía desarmarme por dentro y por fuera, porque sangraba, porque el dolor, porque fiebre, infección y muerte, él me decía «no te das cuenta de que lo estás molestando, tiene otra gente que atender». A ver, le dije entre lágrimas y droga, es su trabajo atender gente. Si está sobrecargado no es mi culpa, sino de la clínica. Tener pacientes que joden es lo normal. Si me vas a seguir corrigiendo como me corregiste toda la vida y te lo aguanté porque me daba pereza dejarte, te vas. No me importa estar sola. Es bárbara la clínica. Se fue fingiendo que la mala era yo y no él por no poder soportar la pataleta de una mujer recién salida de una histerectomía. Me da lástima su novio, que parece una buena persona, tener que aguantar lo puntilloso de su carácter y la necesidad de disciplinar que carga este inútil. Además, cabal muestra de lo poco que le importa el prójimo, me dejó sola, lo que implica mayor trabajo para los enfermeros. Las personas vanidosas como él piensan más bien poco.

Después de una noche en el Averno, por la mañana apareció mi cirujana ginecóloga con sus pecas y ojos como de conjuntivitis, supongo que por falta de sueño, y me enseñó a ponerme la faja. ¡Una lástima que es verano porque la vas a tener un mes o más! Información de la que carecía hasta el momento, otra vez. Me dijo que ya podía comer y deambular, siempre con la faja puesta, me recetó una batería de antibióticos y calmantes, me prohibió hacer esfuer-

zos por treinta días y me dijo que podía irme en dos jorna-
das, que en realidad podía irme ya, pero que había un
punto que estaba medio raro y que podíamos esperar. Me
hizo la curación en el punto medio raro y entonces me dijo:

—El mioma era del tamaño de un melón chico. Era un
embarazo casi. No sé cómo no te dolía al rozar o cómo no
estabas más hinchada. Incluso se veía más chico en las eco.

(Lo que les gusta abreviar palabras y usar siglas a los
médicos no tiene nombre. Eco, quimio, cardio, ACV,
traumato, kinesio, BIRADS2, mamo.)

—¿Lo querés ver? —me preguntó.

Claro, dije. Ella enarboló su iPhone y abrió la foto
que evidentemente ya tenía preparada.

—Pensé que me lo ibas a sacar en una bolsa transpa-
rente con hielo —le dije con una sonrisa, porque reír, pensé, podría contribuir a la descosida, además de que no tenía ganas de ni por qué reírme.

—No, pero ¡está en hielo en pato!

(Pato es por Anatomía Patológica, donde se guardan
las muestras de biopsias y demás. No soy experta, pero alguna vez acompañé a amigas a dejar sus lunares y otros te-
jidos sospechosos.)

—Como es un mioma benigno —siguió—, va a ser de los
últimos en analizarse, así que hasta lo podrías visitar en serio —se carcajeó.

Le di una mirada exhaustiva al mioma, porque la
pantalla de su teléfono nuevo era lo bastante grande. Era
hermoso. Un huevo de carne rosa pálido, irrigado, con
una especie de cabeza o manija de tejido en forma de
tubo y una cabecita adicional, como si estuviera crecien-
do. Como un jengibre hormonado. Como una mandrá-
gora gorda. Pasé el dedo por la pantalla y quise saber si lo
que me mostraba incluía el útero. No, me dijo, este es el

mioma más grande, había otros chicos. Este causaba el sangrado. ¡Pesa dos kilos! Después siguió hablando de miomas gigantes (el mío no calificaba), de algunos casos que le tocaron, y apagó la pantalla del celular, pero yo me quedé pensando en esa masa y su piel lisa, un poco pechuga de pollo con venas rojas, esfera, planta de los dioses en mi vientre.

Ya podés comer, anunció la médica, y se fue con sus tacos bajos elegantes. El mucamo enfermero me trajo una horrenda sopa de zapallo y verduritas y agua porque era fundamental que orinara (de lo contrario, sonda, amenazó). Oriné enseguida; te quieren asustar con poco y, una vez más, con información desconocida. Cómo podía saber yo que una de las complicaciones de la cirugía era una vejiga desplazada. En fin, no pasó.

Mientras le daba vueltas en la boca a la sopa desagradable, con apenas hilillos de calabaza, me puse a pensar. Primero busqué miomas online. No todos eran tan bonitos como el mío. Algunos eran granulados y otros tenían muchas cabezas, más jengibre aún, pero un jengibre feo, digamos como uno de esos animales con globos que hacen los payasos (o que hacían en las fiestas de mi infancia). Globos retorcidos. El mío no: era una delicadeza con sus crecimientos, sí, pero como decoraciones sutiles, como una tetera. Se me ocurrían tantas comparaciones. No, no pensaba que era mi hijo. Un hijo se cuida y es persona. Esto es algo que había creado sin personalidad ni vida, pero me parecía injusto que no me lo pudieran dar. O a lo mejor sí me lo podían dar: una amiga me contó que su madre, cuando le sacaron el útero, pidió verlo en vivo. Cierto, el médico que le sacó el útero era su pariente y ella una excéntrica que lo mantuvo a su lado toda la internación en una heladerita como de hotel. Un minibar. Mi

94

madre tuvo mi cordón umbilical hasta que dijo qué asco y voló por el aire en una de sus periódicas limpiezas, y sé de madres intensas que guardan el apéndice de sus hijos. Un mioma no se trasplanta, no sirve para nada, se tira. ¿Por qué no me lo iban a dar? A quién pedirlo. A mi ginecóloga, pensé.

La llamé ni bien terminé la gelatina. Atendió: no estaba operando, iba en camino al consultorio. Sin demasiadas vueltas le pedí el mioma. Mi consideración acerca de ella subió algunos puntos: no pidió explicaciones.

–Es tuyo, técnicamente. Los restos patológicos se tiran, se queman. Después de la biopsia, si querés, te lo llevás.

Por la sencillez, algo seca pero no espantada, de su forma de acceder a mi pedido, me di cuenta de que no era la primera vez. Imaginé a muchas bobas pidiendo el útero extraído porque albergó a sus niñitos. Detesto a esas ñoñas, pero ya no puedo sentirme tan diferente.

Entró un mensaje de la gineco (ahora yo también hablo con abreviaturas): «Traete tu propia heladerita con hielo porque no te van a dar. Después lo podés dejar secar».

Cómo cuidarlo, eso no me lo dijo, porque seguro se pudre y debe haber técnicas. Ponerlo en algún líquido quizá, pero es grande, necesito un botellón como de agua para oficinas. Igual no es esa mi idea. En mi cabeza circulaba Virginia.

Le pedí a mi hermana que me trajera una heladerita: me dieron el mioma junto con el alta. Ella me llevó a casa y no preguntó por la heladera; no sé qué pensaba, a lo mejor, que eran medicamentos. Igual no se hubiese espantado porque está loquísima, pero no quiero compartir cosas con ella: las entiende, pero las difunde, es la mujer más bocona que existe, lo desconoce todo sobre el respeto, el secreto y la privacidad.

Así se viste también, anda siempre medio desnuda. Por suerte, tiene un cuerpazo y el calor de la ciudad es una desmesura sahariana.

Como es loca pero atenta, me llenó la heladera –la grande– de comida fácil de manipular y organizó todo para que mi padre se quedara por las noches: es viejo pero útil, no como mi madre, a quien no quiero cerca; mi hermana tiene órdenes de alejarme de su amor pegajoso y egoísta. Que sea todo por videollamada.

Total, lo único que tengo que hacer es permanecer quieta en la cama o el sillón o donde quiera, y curar yo misma la herida que, la verdad, no es para nada impresionante. La primera noche di un grito porque, de repente, sentí que todo el vientre perdía sensibilidad y supe, presentí con certeza, que era el inicio de la muerte. Mi padre, que es un exagerado como yo, se acercó a la habitación con su cadera crujiente y me dijo:

–Llamá a la cirujana. Son las tres de la mañana pero es responsabilidad de ella.

Lo hice. No estaba durmiendo. Esta mujer es infatigable.

–Es normal –me dijo–. Pensá que cortamos nervios...

La interrumpí, harta de la microinformación.

–Me tendrías que haber dicho. Me asusté.

–Es que no siempre pasa y no queremos sugestionar.

–Bueno. ¿Se va?

–Por ahora no.

–¿Dura mucho?

–Puede durar meses o no irse. Pero te vas a acostumbrar.

–OK.

96

Yegua, pensé. Y me pasé el dedo por el ombligo y nada, nada, como si tocara una de las naranjas que estaban en mi mesa de luz.

Mi padre, cuando se enteró de que no era grave, volvió a la cama. Mis indignaciones por falta de información no le molestaban, es hombre y está acostumbrado a la indecencia verbal de mi hermana y a las descripciones escatológicas de mi madre. Para él ocultar está bien. Estoy de acuerdo, pero relativizo: depende de qué. Tampoco preguntó por la heladerita dentro de la heladera grande: no es su estilo investigar pertenencias ajenas. Además bastante esfuerzo era, a los setenta y siete, cuidar de su hija histerectomizada, aunque él hace yoga y es de esos viejos que están en buen estado. Espero por su bien y el de todos que la muerte lo encuentre en alguna de sus caminatas.

Lo primero que hice después de la noche de pérdida de sensibilidad fue llamar a Virginia. No la veía hace años, pero vivía en el lugar de siempre y seguía siendo la dueña de Piel, su local de tatuajes y de modificaciones corporales, aunque esto es medio secreto porque muchas son consideradas ejercicio ilegal de la medicina, entonces ella te las hace, pero no las anuncia. Y las hace bien, porque nadie se infectó (no de gravedad al menos) ni le hizo un juicio.

Virginia tiene dos cuernos de silicona sobre las cejas, no muy grandes. Hace unos cuttings hermosos, o escarificaciones, que dejan dibujos delicados sobre todo en espaldas, donde la piel es gruesa. Hace poco me mandó una foto con su nuevo cuello: totalmente tatuado de negro. En la imagen ella está apoyada sobre un fondo oscuro y parece que su cabeza flota. Es una gran foto. También es hermoso un trabajo que hizo a mujeres con mastectomías que decidieron evitar la prótesis y se tatuaron diseños sobre las cicatrices donde estuvieron los pechos. Sé que está ocupada, pero también sé que pocas como ella respetan las amistades juveniles, las noches intensas de sangre y primeros piercings, las búsquedas de prótesis para nuestras amigas trans y travestis que no querían meterse silicona barata ni aceite de avión en el cuerpo.

La encontré en su estudio, con el inconfundible sonido de su local de tatuajes, medio parecido a un consultorio de dentista con música de fondo (Slipknot, en este caso; ella es clásica). Cuando éramos chicas, ponerse silicona bajo la piel se llamaba *body modification* o modificación corporal, ahora están con lo de *bodyhackers* y el transhumanismo. Pero es el mismo procedimiento + tiempo + léxico. Y se pueden hacer cosas increíbles, como implantarse una oreja en el brazo o tatuarse colores en los globos oculares y te queda el ojo rojo o fucsia o turquesa. Debe doler como un nervio tironeado, pero bueno, a veces hay que sufrir para lograr lo deseado.

Le expliqué que quería el mioma de vuelta en el cuerpo. Como es enorme, es muy complicado pensar en un espacio afuera, además de que es potencialmente mortal andar con un órgano antes de que se seque, y dejando de lado el riesgo, me parece horrible estéticamente. Pero pensé esto: vos hiciste algunos implantes reptilianos en columna, una bolita de silicona bajo la piel de la espalda sobre cada vértebra. ¿Y si a la bolita le metemos adentro parte del mioma? No lo va a rechazar, es mío.

Virginia me dijo que ella no se atrevía a hacer semejante cirugía y que desconocía los riesgos. Vamos, le contesté. Me lo repitió con seriedad, pero agregó: tengo un amigo que sí se especializa en pedidos complejos. No sé si puede hacer esto. Pero le pregunto. Y después:

–¿Duele mucho la cirugía?

–Ahora estoy muy drogada, pero sí, es nefasta.

—Me dijeron que era sencilla.

—Mienten. No es cuestión de umbral del dolor.

—¿Tenés quien te cuide?

—Mi viejo y mi hermana vienen de vez en cuando.

—¿Y Robi?

—Me separé, ahora está en pareja con un chico.

—Nos tenemos que poner al día.

Entré al departamento limpísimo de Colson, el amigo sudafricano de Virginia, un mastodonte de pelo blanco tatuado de pies a cabeza con un castellano aceptable. Ella me pasó la dirección por mensaje de voz y me pidió que después lo borrase, creo que todos procedimientos de seguridad innecesarios, pero obedecí y, como me dijo, copié la dirección en algo analógico (esto es: mi agenda). Yo le había mentido a mi padre que iba a un control y podía tardar: tomé un taxi, que no deja registrado el viaje, a diferencia de las apps. Colson, después de una charla introductoria larga sobre su carrera y logros y el porqué de la vida en Sudamérica, me pidió el espécimen. Se lo di, aún en excelente estado, a mi juicio, y coincidió. Pensé que iba a hacer la cirugía ese día después de tanto preámbulo y repaso de CV, pero me dijo que tenía que implantar el mioma en las siliconas y ver cómo reaccionaba la fusión. Y recién entonces podría hacerlo sin riesgo. Cerca de la médula, explicó, hay que ser extracuidadoso.

Me pareció confiable y, por supuesto, mejor comunicador que las diversas ginecólogas a cargo de mi preclimaterio y sangrado y útero miomático. Mejor además la tardanza, pensé. Porque con esas protuberancias en la espalda al menos tendría que poder dormir de costado y fletar a mi padre, que es discreto y deja vivir, pero no tanto.

Virginia se ofreció a cuidarme, además de que quería ver el resultado de la modificación.

Es tan hermosa mi nueva columna sobresalida. Por primera vez entiendo lo que significa amar el propio cuerpo. Virginia me sacó muchas fotos y me pidió discreción una vez más acerca de Colson, que trabaja en la clandestinidad, pero debo decir: es muy fino y muy limpio y lo recomiendo. La cirugía fue con anestesia local, como es lógico, porque tener anestesista debe ser para cosas muy extremas y costar un dineral, pero no sentí nada, ni siquiera cuando me decía: «Ahora corto, ahora tiro». (Tiraba para meter la bola adentro. La fusión con la silicona fue normal.) Tuve un poco de hinchazón en la zona, nada más, necesité antiinflamatorios en dosis insignificantes. Ya estaba sobrepasada de antibióticos y vacunada antitetánica, así que no dejé demasiados rastros: no tuve que comprar nada ni darme ninguna inyección extra. Mi espalda, ahora, tiene otro relieve. Tiene algo de dragón. Colson tatuó la piel de colores y parece tornasolada. Una falsa columna de saurio. Algo de camaleón, de lagarto, de serpiente mítica, de sangre fría. No puedo acariciar mi espalda porque no me alcanzan los brazos, pero puedo pasar horas mirándola en el espejo, y Virginia puede ayudarme a estirar la mano, o tocarla con sus dedos, con delicadeza. Ella la cura, apenas con vaselina y desinfectante. No hay dolor, insisto. Como si siempre hubiese estado ahí. Me siento antigua, de movimientos lentos y precisos. Con mi cuerpo entero y donde debe estar: bajo la piel.

UN LUGAR SOLEADO PARA GENTE SOMBRÍA

> *I could hear everything, together with the hum*
> *of my hotel neon. I never felt sadder in my life.*
> *LA is the loneliest and most brutal of American cities.*
>
> JACK KEROUAC,
> *On the Road*

La voz de la chica es metálica y nasal. Repite un mantra extraño que, como no comprendo, grabo con el teléfono celular que llevo escondido. Para poder subir a la terraza y acceder al ritual frente al tanque de agua donde apareció ahogada Elisa hay un sistema precario de seguridad, pero no lo tienen aceitado y no se atreven a tocarme la entrepierna donde guardo el teléfono, a lo mejor por temor a una denuncia de abuso. Así son los gringos: adoran a una chica muerta en este hotel siniestro rodeado de adictos en diversos estados de intoxicación, locura y peligro, pero por corrección no le meten la mano entre las piernas a una latina de mediana edad.

Trabajo, desde Buenos Aires, para una revista con sede en Nueva York que depende de la universidad. Viajé a Nueva York porque acepté la propuesta de dar un seminario sobre liberalismo y populismo en ciertos países de Latinoamérica, pero también porque quería alejarme de mi ciudad y volver a Estados Unidos después de la muerte de Dizz de una vez por todas. Hacía ocho años que estaba muerto y seguía pensando en él. La revista donde escribo artículos sobre política internacional que tratan de explicar qué ocurre en América Latina está pasando por una «renovación». Abrieron la sección *America in Weird* con crónicas sobre hechos y situaciones extrañas, cercanas al folklore y lo sobrenatural en Estados Unidos. Y quise escribir ahí. En mis comienzos como periodista me había dedicado un poco a eso: recorrer casas con fantasmas en Buenos Aires, visitar las ruinas de la Mansión de Invierno en Empedrado, recorrer los hoteles embrujados de Córdoba (me había pegado un susto horrible en el Gran Hotel Viena, no por fantasmas, sino porque es enorme y no quise hacer visita guiada y terminé en la orilla de la laguna muy crecida por la lluvia, de noche: estaba desorientada). Fueron años divertidos que terminaron con un paseo delirante y borracho por Cinco Saltos en Río Negro, que está lleno de leyendas.

Después me volví respetable y me dediqué a la política internacional que estudiaba en la universidad, y viajé y viví un tiempo en Los Ángeles, y cuando murió Dizz, me fui destrozada de esa ciudad que amo y odio. Ahora la revista me daba una oportunidad de volver después del seminario en Nueva York.

Me encontré con mi editor en su oficina porque él odia los cafés de la ciudad, dice que en todos hay mucho ruido. Hablamos de tonterías, anotó algunas indicaciones sobre un cambio de dirección postal de pagos, le hablé sobre el seminario y pensamos que podía ser un dossier. Pero después le propuse una nota sobre Elisa Lam.

Al principio se negó. Quería un artículo sobre Brad Pitt o P-22, un puma silvestre y solitario que vive en Los Ángeles; escapado de su hábitat, se quedó en la ciudad, solo, y rondaba sobre todo Griffith Park y el área cercana. Aparece poco y es un ejemplo del destrozo de los incendios y una especie de símbolo del fin del mundo tal como lo conocemos. Creo que dijo algo así.

No, le contesté. Hay miles de artículos sobre el animal, no voy a agregar nada, salvo que lo vea, y es casi imposible lograrlo.

Tenía otros motivos, personales, para negarme, pero no se los iba a contar. Además, se negaba a cubrir a Elisa porque, increíblemente, no había escuchado nada sobre ella. Le tuve que contar el caso. Elisa era una turista muy joven que, quizá por ignorancia sobre el pasado del lugar, se alojó en el hotel Cecil del centro de Los Ángeles. El lugar es conocido no solo por tragedias, suicidios, crímenes y demás, sino porque ahí se alojó durante un tiempo el asesino serial Richard Ramírez. Elisa se quedó allí en enero de 2013. El hotel es barato porque está cerca de Skid Row, la villa miseria de carpas que en Estados Unidos no llaman por su nombre, y las habitaciones se dividen entre las que usan los turistas, en general jóvenes mochileros o viajeros con poco dinero, y las de residentes, en general gente del barrio muy vulnerable, adicta, en recuperación o *homeless* itinerante.

Elisa desapareció el 31 de enero: ese día no volvió a su habitación y dejó de comunicarse con su familia. La encontraron veinte días después flotando en el tanque de agua del hotel, ahogada, desnuda, con toda la ropa y pertenencias dentro del agua. Uno de los huéspedes se dio cuenta porque el agua salía negra de las canillas y la ducha y, claro, un poco apestosa. Elisa se pudrió flotando en el tanque y los huéspedes la bebieron.

En este punto mi jefe frunció la nariz.

Yo no puedo creer que nunca hayas escuchado sobre este caso, dónde vivís y cómo podés editar esta sección, te van a ofrecer cualquier cosa y vas a decir que sí, mumuré con cierto fastidio.

La revista es para gente como yo, no para *freaks*.

Bueno, gracias. En fin, investigaron otras pistas, pero

después de la cuestión del agua la encontraron ahí, ahogada. Sin traumatismos de ningún tipo. El tema es cómo ingresó al tanque: estaba cerrado, nadie la vio subir por la escalera de incendios, que es bastante normal, pero lo que no es tan fácil es trepar y abrir la tapa de metal muy pesada, enorme, y arrojarse dentro. Quizá la tiró alguien y ella, desesperada, se sacó la ropa. No me digas que tampoco viste el video de la cámara de seguridad del ascensor, donde ella aparece, y que la policía encontró después de su muerte. Es mítico, un clásico de internet. Ese video es la última vez que se ve a Elisa con vida. ¿Lo busco?

Por favor.

Puse los ojos en blanco y abrí YouTube. Puse pantalla completa. Es corto, le avisé, porque, como todo jefe, es ansioso y no presta atención.

Miró con cierta curiosidad a Elisa en el ascensor. Lo del agua podrida le había causado verdadero impacto: mi editor es de esos hombres ultralimpios que se afeitan (o lo que sea que hagan) la cabeza todos los días, barba delicada, una piel de Estée Lauder.

Ah, seguí, no te dije que la chica tenía trastorno bipolar y parece que no estaba tomando la medicación. Lo dije en voz baja porque todavía decir «bipolar» me hace temblar o, peor, se me cierra la garganta.

En el video aparece Elisa con un buzo rojo. Toca muchos botones en el ascensor, como si fuese un código, y quizá por eso la puerta permanece abierta mucho tiempo, unos tres minutos. La debe haber trabado con su toqueteo. Después sale para mirar si algo la sigue por el pasillo. Es evidente que está asustada, porque cuando vuelve a ingresar en el ascensor se queda quieta, parada en un rincón, esperando que el aparato se mueva. Lo hace varias veces, este entrar y salir: el ascensor no se cierra, tampoco aparece alguien más, está sola. Son siete minutos. La penúltima vez es escalofriante: sale al pasillo y habla con aquello que ve, invisible para nosotros, y sus manos parecen enormes, los dedos extendidos, los movimientos entre la danza y, quizá –porque sabemos el final–, el nado. Pero el nado de un palmípedo. No está claro si quiere explicarle algo a lo que ve, si esos son sus gestos normales, si algo grácil pero contorsionado se le metió en el cuerpo. Después se va, hacia la izquierda, y no vuelve al ascensor. Se va como agotada, arrastrando los pies. La cámara sigue registrando la imagen del ascensor vacío, la puerta abierta. Finalmente se cierra y se vuelve a abrir, en el mismo piso. Y el video termina.

Qué horrible, dice mi jefe. ¿Y esta es su última imagen? ¿La familia no lo puede eliminar de internet?

Está claro que no.

Y querés cubrir esto.

No, el caso de Elisa está más investigado que el crimen de JFK. Una de mis mejores amigas, que vive en Los Ángeles, es una obsesa de lo paranormal en la ciudad, y me contó que hoy día la gente se reúne alrededor del tanque donde Elisa murió, esperando una señal. Mi amiga no sabe bien qué, pero cree que quieren escucharla, piensan que su espíritu está atrapado en el agua y puede decirles qué le pasó de verdad. Sus fans no creen que fuera un suicidio. Muchos creen que la arrojó el espíritu de Richard Ramirez. Quiero visitar a mi amiga y de paso hago que voy a ver el ritual.

¿Es confiable tu amiga?

No se me ocurre alguien más confiable en estas cuestiones.

Dijo que sí. Le pareció muy *America in Weird* y arreglamos la fecha de entrega y pago. El vuelo directo a Los

Ángeles fue horrible, con peleas por el uso de mascarillas y muchos soldados a quienes me olvidaba de decirles *thank you for your service*. El jefe me había preguntado si quería quedarme en casa de mi amiga, pero ella vive en Laurel Canyon, que es muy lejos del Downtown, así que me reservó una habitación en el Biltmore. Estuve a punto de decirle que ahí no, que de todos los hoteles hasta prefería quedarme en el Cecil (o Stay on Main, como se llama ahora y como se llamaba cuando se alojó Elisa). Estuve a punto, con el teléfono en la mano, de decirle que el Biltmore no, ahí me pasaron cosas que no puedo olvidar ni exorcizar, pero pensé: ya es hora de volver también a los lugares que duelen.

Nos arrodillamos delante del tanque y de la chica que repetía el mantra. No sabía qué esperar: Isabella, mi amiga, la estudiosa informal de todo lo raro y macabro de Los Ángeles, la que me pasó la información, me dijo que eran muy celosos de lo que hacían, y respetuosos, que esperara la señal en silencio y, si no escuchaba nada, les siguiera la corriente. Isabella solo me había advertido sobre un fan hiperobsesionado que hacía viajes periódicos a la tumba de Elisa y que en su departamento mínimo de Hollywood organizaba *seánces* que terminaban siempre mal porque él estaba enamorado a un nivel necrófilo grave y siempre perdía la calma. Me mandó una foto incluso para que lo evitara (o lo entrevistara, según mi nivel de dedicación). No lo vi en la terraza del hotel. Quizá lo habían exiliado. Tuve miedo de que apareciera con un arma, una venganza por alejarlo de su amor, y nos matara a todos, pero no ocurrió nada.

Los tanques eran dos. Nos arrodillamos frente al de la izquierda, donde Elisa se había ahogado. La chica del mantra dio la orden de mantener la posición de rodillas. Habíamos subido por la escalera de incendios, la misma que, se decía, usaba Ramirez después de tirar su ropa ensangrentada en la calle: subía desnudo, cubierto de mugre y semen, porque era también un violador. No estaba tan claro que Elisa hubiese usado esa escalera. Había otra, interna, para llegar a la terraza, que supuestamente tenía una alarma. Yo entré al Cecil la primera tarde que pasé en Los Ángeles, después de reservar una habitación doble de camas cuchetas que no usé. Era un lugar tan precario que resultaba difícil creer en una alarma que funcionara, entonces o ahora. Más misterioso era pensar cómo una chica tan delgada y tan joven como Elisa, sin entrenamiento ni la fuerza suficiente, había logrado abrir sola la tapa del tanque (porque subir era fácil, tenía escalera exterior para poder limpiarlo). Quizá solo necesitaba una rendija. Quizá lo encontró abierto después de una limpieza. Todo parecía informal en el Cecil, cualquier cosa era posible: después de todo, había flotado casi un mes en el agua del tanque, podrida e hinchada, y nadie lo notó.

Esperamos de rodillas hasta que la chica del mantra dio dos palmadas: la señal para desarmar la reunión. La próxima era la noche siguiente. Se sentían los progresos, dijo. No sé a qué se refería. Yo bajé rápido, más por hambre que por pasar desapercibida. A esa hora era difícil encontrar algo abierto, pero en el teléfono decía que, a unas cinco cuadras por Main, había un restaurante japonés que cerraba a las 21.30. Podía llegar si corría un poco: nadie se asombraba de ver a una mujer corriendo por la noche en esa zona. El centro estaba peor que nunca, jamás había visto tantos *homeless*, tantas personas hablando solas, tanta desolación y abandono. El Biltmore, aunque era un hotel de lujo en teoría (y en apariencia: una belleza increíble, sobre todo el hall, la primera planta, el bar: un ensueño de entreguerras, art nouveau y Theda Bara), no tenía servicio de habitación ni restaurante por la noche porque estaban con «reformas». Que un hotel así no tuviese servicio de habitación era un signo de decadencia, pero eso ya lo sabía porque me había alojado en el Biltmore antes, con Dizz. Me sorprendía un poco que, después de tantos años, no hubiese cambiado.

En el restaurante japonés recibí mensajes de Isabella. Le dije que había estado todo bien y que no había ocurrido nada extraño ni había aparecido el necrofan. Ella me dijo que tenía más información y que las visitara pronto, por favor. Isabella vive con Jenny: las tres éramos mejores amigas inseparables ocho años atrás. Ahora seguimos en contacto, por mensajes y por videollamada. Mi distancia no pudo separar al trío. Jenny, que nació en Puerto Rico, puede vivir en Estados Unidos, claro. Isabella también, por su padre, rico productor y gringo, casado con una argentina. Yo me volví a Argentina porque, deprimida, no podía trabajar ni quería estar más en Estados Unidos, a pesar de los contactos en las universidades, a pesar de que podía armarme una vida. Las extraño cada día, esa trinidad de lágrimas y música, de fiestas y perfumes caros, de ropa de saldo firmada por grandes diseñadores y olor perpetuo a verano por el protector solar en la cara.

Cuando terminé de comer, decidí volver caminando al Biltmore. No les tengo miedo a estas calles. Tenía que subir por la Quinta, alcanzar la librería The Last Bookstore y después se podía poner picante alrededor de Pershing Square, pero siempre debía mantenerme en la vereda de enfrente de la plaza, y eso hice. Paré un poco en The Last Bookstore, uno de los lugares donde Elisa compró libros en sus días de turista. Habían cerrado a las 20.00, como siempre, pero todavía se distinguían luces adentro: los artistas que desarmaban sus negocios en el primer piso. Es una librería que además tiene arte y ropa y objetos raros a la venta, todo de artistas locales. Isabella había tenido un puesto de ropa y accesorios góticos y victorianos, pero decidió cerrarlo y retirarse casi por completo del contacto con la gente, salvo los amigos y, por supuesto, Jenny. Cuando decidí seguir adelante, tuve una visión que me hizo saltar el corazón. Casi a mis pies había un chico pelirrojo, de pelo largo y sucio, que se buscaba inútilmente una vena en el brazo. Frustrado, levantó la cara y, a pesar de un pequeño instante perturbador, enseguida me di cuenta de que no era Dizz. Era imposible que fuese Dizz, claro, si Dizz estaba muerto. Pero el parecido era brutal. Aunque el chico tenía los ojos oscuros y no por la droga. Somos una especie en extinción, me decía Dizz, *redheads with blue eyes*. Los ojos azules de Dizz. Nunca investigué si era cierto que se extinguían de verdad o si era una de sus fantasías para divertirme.

El chico, porque no debía tener más de veinte años, empezó a buscarse una zona para inyectarse en el pie, intentaba iluminarse con la linterna del teléfono. Contra todos mis instintos, siguiendo solo el caballo de la nostalgia desenfrenada y dolorosa, me agaché a la altura de sus ojos y le dije, en inglés, que podía ayudar. No sé qué vio o escuchó en mi ofrecimiento, pero me dio un sí dudoso, de gato desconfiado. Me mostró el brazo: era un caos de sangre y heridas infectadas. No iba a durar mucho en la calle. A ver el pie, le dije, y me lo extendió. La mugre era de meses y estaba descalzo. Le pedí que sostuviera el teléfono y con el alcohol en gel que llevaba encima solo como talismán, porque no lo usaba más como desinfectante pandémico, le limpié una zona sobre el tobillo. La piel estaba sana: si lo había intentado ahí, había fallado. Apreté con el pulgar hasta que la vena saltó, no hizo falta mucha fuerza. Y le inyecté lo que tenía en la jeringa. No había olvidado la técnica. Delicadeza en el ingreso a la vena, un poco de sangre y luego dejar ingresar la sustancia, lo más despacio posible, pero no tanto, para evitar burbujas de aire. No sé qué era lo que se inyectaba. Murmuró un «gracias» antes de dejarse caer en la vereda. Era algo fuerte si con inyectarle el pie había logrado noquearlo tan pronto. El olor del chico era fuerte, como a cabra y a inodoro. Tenía la cara limpia quién sabe por qué y las uñas carcomidas, como si tuviese termitas bajo las cutículas. Usaba un saco que le quedaba grande: seguro lo había robado. Le puse la jeringa en el bolsillo para que no la perdiese y toqué, adentro, el mango de un cuchillo. A lo mejor sabía defenderse mejor de lo que su aspecto angelical denotaba. Quizá lo maté, pensé, aunque cuando lo dejé respiraba. Si alguien me había visto, solo iba a pensar que éramos dos adictos más. Skid Row ya tenía sesenta y dos manzanas, me lo habían dicho en el hotel cuando pedí que llamaran a un taxi. También me aclararon que no era tan fácil conseguir un taxi por la noche: mejor me pedía un servicio por app. Esto sí era nuevo, a diferencia de la falta del *room service*. Un hotel de lujo que no aseguraba los taxis.

Al volver, apenas le presté atención al fabuloso hall de entrada, su fuente, su cielorraso como una Sixtina pagana, sus querubines, la vieja gloria, los salones cerrados donde alguna vez se entregaron los Óscar. Fui directo al ascensor y al piso 10, a llorar en la cama. Me habían dejado un chocolate, en eso todavía funcionaban con la elegancia perdida, lo mismo que con el valet mexicano que ya había establecido conmigo una complicidad de latino a latino. Sobre la almohada creí ver un largo cabello color cobre y

110

le grité al vacío *leave me alone*. ¿Quién me torturaba dejando un pelo del color del de Dizz sobre la almohada? Lo miré bien y me di cuenta de que era un hilo medio suelto de la colcha. Recordé cómo había bañado a Dizz en una habitación más pequeña que esta pero en el mismo hotel, y él lloraba con los ojos cerrados, y yo le pasaba una esponja que había comprado porque en los hoteles no hay; lo había dejado encerrado para que no se escapara y después lo llevé al agua como un peso muerto, aunque ya no pesaba mucho, y le saqué la ropa medio pegada por la mugre y sucia por su obsesión con los dulces. Siempre me decía que le gustaban las mujeres hispanas porque le parecían fuertes y maternales, y yo me enojaba, ese estereotipo gringo horrible, y él se reía, y yo jamás volví a ver una risa así, con esos dientes hermosos que la calle y la locura no podían arruinar, toda la alegría que le encendía cada rasgo, que le hacía brillar los ojos, a él, siempre tan oscuro y tan azul, tan *blue* salvo cuando se ponía maníaco y la vida le parecía hermosa, pero también era desolador porque era una reacción química, no tenía idea de lo que sentía o decía. Era imposible mantenerlo medicado y menos cuando empezó a recorrer el centro y a obsesionarse con los cuerpos de los *homeless*; me describía las heridas, las escaras, las infecciones, los agujeros donde antes había dientes, el color de la piel de los muertos que nadie venía a recoger, y yo le decía que no tenía por qué enloquecerse así, que no podía ayudar, que no le hacía bien, que no era sincero además, era la enfermedad, que tomara las pastillas, y él jamás me retrucaba, pero a veces se quedaba quieto en la cama con los ojos entornados y yo le rogaba que volviera, no entendía adónde se iba, era como una catatonia de pocas horas de la que salía agotado y mudo y mañana será otro día. Yo estaba enamorada con una entrega que mis amigos juzgaban tóxica y romántica, e insistían en que pensara en mí y lo dejara, pero ahora, después de tantos años, después de ese funeral horrible y las cenizas que tiramos en Bass Rock Beach, ahora mismo lo recordaba con el pelo como un halo angelical y los dedos anchos que me tocaban con una delicadeza que no existe más, que se fue con él, con los gestos de atención y lengua entre los labios que hacía cuando usaba auriculares, cómo me compraba el color de lápiz labial rojo que a mí me gustaba, y esa noche que se dejó bañar hasta en los rincones más íntimos y me pidió que entrara con él en la bañera y susurró necesitamos un milagro y lloramos juntos, el agua salada de lágrimas y sucia de quién sabe qué, y nos fuimos a la cama y nos dormimos abrazados, y a la mañana siguiente él se despertó hecho una fiera y una vez más le busqué la enorme vena del brazo, una vena invencible bajo la piel pecosa, y le inyecté lo que quedaba y salió a buscar más dolor y más muerte y no volví a verlo nunca más, se perdió por ahí y apareció muerto en la calle semanas después.

Esa fue su última vez conmigo en el Biltmore: lo llevaba muchas veces, cuando lo rescataba de la calle. A veces lograba que se quedara varios días conmigo en una habitación. El Biltmore es caro, pero Isabella nos prestaba el dinero, porque ella lo quería a Dizz a pesar de que, juzgaba, me hacía daño. Pensé: seguro había una grabación de la cámara de seguridad del ascensor, como había de Elisa Lam. Los últimos momentos de Dizz registrados. No se me ocurrió pedir un video entonces, pero ahora, si fuese posible verlo, lo miraría todos los días. Lo imagino golpeándose la frente contra el espejo, el tic nervioso a la derecha de los labios, su parpadeo, los pantalones negros.

Le escribí un mensaje a Isabella: «No puedo pasar otra noche en este hotel».

«Claro que no. Te dije. Nunca me hacés caso. Vení a casa. Te mando un auto y te comparto el recorrido.»

Esperé abajo, fumando en la vereda y hablando con el valet mexicano de las peleas nocturnas, de si conocía el museo de arte moderno, de si Argentina estaba tan mal como se decía. Llevaba mi bolso encima en caso de que ni siquiera pudiese volver al Biltmore una vez más para hacer el *check out*.

La casa de Isabella era pura madera y baldosas rojas, una pileta que daba a una zona sin vecinos, árboles y tierra, dos pisos y muebles vintage. El estudio de su padre, un exitoso ingeniero de sonido, quedaba cerca, pero él casi no iba, tenía un equipo de empleados. Se dedicaban casi exclusivamente a grabar música para cine. La casa, detenida en el tiempo, había quedado para las chicas. Llegar era imposible sin saber el camino: Laurel Canyon es uno de esos ecosistemas californianos en las colinas silenciosos de noche y tan llenos de pájaros y animales y el viento del desierto. Me abrió Jenny: los pantalones blancos, el collar dorado con un ojo turco y un piercing en la nariz. Me abrazó al mismo tiempo que me sacaba la mochila y el celular y me llevaba hasta la piscina; hacía un poco de calor y las dos estaban ahí, tomando vino blanco frío. Verla me trajo a Dizz otra vez: este pelirrojo atontado, decía ella, te dice «hispana» y vos sos argentina toda italiana pfff. Toda no, le retrucaba yo, hay un poco de franceses. Peor, decía. Ella, sin embargo, también quería a Dizz. Era fácil enojarse con él, pero entonces te compraba ese anillo que habías mencionado solo una vez, pero que él recordaba, y lo traía dentro de una caja preciosa. Era fácil odiarlo y también quererlo.

Isabella me besó y me miró con atención. Llevaba uno de sus vestidos negros largos que nadie podría sacarle jamás ni con el calor más espantoso en esa ciudad de sol y un hermoso brazalete de mariposa nocturna. Como siempre, tenía los ojos maquillados, esta vez de azul medianoche, y el pelo negro en un rodete. Una mezcla de institutriz victoriana con cantante de banda secreta. Ella había investigado la secta de Elisa y había pensado que era una idea terrible quedarme en el Biltmore después de tantas noches ahí con Dizz.

—No aguanté, hermana —le dije.

—Pues claro que no.

Se le contagiaban algunos modos de Jenny. Estaban juntas hacía mucho. Me sirvió un poco de vino. Casi le cuento que le había hecho un pico a un chico en la calle, pero me lo guardé.

Jenny quiso saber un poco más de por qué había ido a Nueva York y le expliqué: un coloquio sobre populismo y liberalismo en América Latina; me quedé unos días en la ciudad y después quise volver a Los Ángeles.

—¿Está distinta Nueva York, como dicen? —quiso saber Jenny, que extrañaba su barrio, sin duda. Hubiese vuelto de no ser por Isabella y porque no extrañaba para nada a sus amigos adictos.

—No sé. Hay mucha gente viviendo en la calle y el *subway* apesta. Pero creo que exageran un poco.

—La pandemia fue peor allí —me dijo, y me masajeó los hombros y los trapecios para aflojarme—. Acá tenemos el desierto, las colinas, es abierto. Ya te armé una camita bien bella.

Les conté que había visto un pelo colorado en la almohada, que al final era un hilo, y eso me había hecho perder la cabeza. Porque la primera noche en el Biltmore la había pasado tranquila. Los recuerdos nunca llegan en los momentos predecibles, son como esos gatos que duermen al sol tan tranquilos, pero que, cuando uno se atreve a acariciarles la panza, lanzan un rasguño directo a los ojos.

–Dizz no está ahí, hermana –susurró Isabella–. Hasta mi papá lo recuerda a veces, dice que fue su mejor ingeniero de sonido joven. Pero él no está. Tiene sus dobles, eso sí. Muchos. A veces yo también le veo la melena cuando bajo a la ciudad.

Me sorprendió más que bajara que el hecho de que viera el pelo de mi exnovio muerto por la calle.

–Sí, es que de vieja me he vuelto conservadora y con alguna gente de patrimonio estamos tratando de que dejen de hacer bodas ridículas en la casa de Houdini, que igual es cerca de aquí, y evitar que construyan no sé qué al lado de la casa Stahl. Me he convertido en una dama que cuida los monumentos históricos de la ciudad, o de su barrio al menos.

–Te puedes creer eso, amiga, que una extranjera esté tan fascinada con estas cosas –se rió Jenny.

–Yo no soy extranjera, amor mío, lo que no soy tampoco es gringa. Mi padre es californiano y no es gringo, y en mi casa no se habla inglés si lo puedo evitar.

–*My sweet black spider* –dijo Jenny, y le tiró un beso.

–Te callas.

Las tres ya estábamos como antes, como siempre. Riéndonos, tocándonos, mostrándonos la ropa. Yo había conseguido un colgante en el mercado de San Telmo que era una delicia y mi regalo para Isabella. A Jenny le traje un cinturón de cuero blanco, muy ancho, una faja, que ella sabría usar para estar tan grotescamente hermosa como siempre.

–¿Por qué no te quedas con nosotras, mami? Yo te presento una chica que te va a hacer olvidar esos hombres que te gustan, te va a quitar esa manía de rescatista.

Me reí.

–No creo que funcione.

–Voy a buscar más vino.

Cuando Jenny se fue, Isa se sentó a mi lado. El silencio alrededor de la casa me daba miedo, como siempre en el Canyon. Me daba miedo Los Ángeles. El neón, las autopistas, el color del atardecer, la cercanía del desierto, el sol tan alto. Me acordé de una fiesta después de una proyección de cine mudo en el cementerio donde está Rodolfo Valentino. Volvimos con Dizz y mis amigas y dos chicas más, y no había lugar en el auto, así que una se metió en el baúl. Todo el tiempo le gritábamos: ¿estás bien? Dizz manejaba y tenía puesta una remera con la cara del poeta Maiakovski. Nos bañamos en la pileta hasta la madrugada, todas menos Isabella, que nunca se metía al agua.

Jenny volvió y se encendió un cigarrillo al lado de la pileta. Abrió otro vino helado y tomó un trago del pico.

–¿Qué novedades tenés de Elisa?

–Falsa alarma.

–Pero cuéntaselo igual, amor mío, que le va a ser útil para el artículo.

–Ya chequeé y no es cierta, pero hay una leyenda urbana que dice así: un rico de Palisades tiene los huesos de Elisa y los saca para bañarse con ellos y sus amigos en la piscina.

–¿Ves lo que digo? Esas cosas no pasan en Nueva York.

–Por eso vivo aquí, a pesar de los fuegos. Porque esta es una ciudad de brujos.

–Y que lo digas tú.

–Después te escribo el relato o te lo mando por mail. Pero no es cierto. Nadie la desenterró todavía.

Jenny me pasó un vaso de vino. Estaba delicioso.

–Tendrías que hacer un podcast.

116

—No, cuando me muera encontrarán todos los cuadernos. No quiero hacer nada, hermana. Ya tuve el blog, ya pasó mi época. A lo mejor estoy deprimida. Le tengo un miedo terrible a los incendios, además; ya hablaremos. Ni siquiera llegaron cerca de la casa la última vez, pero el ruido no me lo puedo olvidar, tampoco el cielo rojo. A lo mejor me mudo.

Jenny dijo que no y me sonrió. Después levantó la cabeza en alerta y se puso el dedo sobre los labios para que nos calláramos la boca.

—Hay algo —susurró.

Isa se levantó. Sabía, como yo, que Jenny era la persona menos exagerada que existía. Si le resultaba sospechoso el ruido ahí detrás de la casa, en el breve bosque de pinos, entonces lo era.

—¿Es fuego?

Jenny negó con la cabeza y frunció el ceño. La casa tenía, si yo no recordaba mal, alarma y, por supuesto, armas. A Jenny le encantaban y era muy buena tiradora. A Isa, que coleccionaba fotos de escenas de crímenes, jamás se le hubiese ocurrido prohibir armas en su casa, aunque no sabía usarlas muy bien.

Nos acercamos: era ruido de animal. Los pasos sobre las ramas, la manera en que se quebraban, y el olor del aliento, caliente, más cálido que la noche.

—No puede ser —dijo Jenny, y se acercó.

Las tres nos acercamos y vimos los ojos amarillos. Isa apagó la alarma que estaba a punto de encender con un control remoto y no hizo nada, solo se quedó parada. Una de las luces de la casa iluminaba la belleza del animal, que nos miró con curiosidad y sin maldad.

—No puede ser el puma —volvió a susurrar Jenny. No debía levantar la voz.

117

Yo tampoco podía creer estar tan cerca del puma. Cuando me fui de la ciudad, recién había sido descubierto. Dizz estaba obsesionado con él y me llevaba a caminar por Griffith Park por si lo encontrábamos. Decía que era el alma de la ciudad, si es que quedaba algo así. Una fantasía de películas mudas. Un recuerdo de cómo habían destruido el lugar donde vivía, pero él seguía en ese parque urbano, hermoso y cansado y triste. Se decía que una vez gritó toda la noche para aparearse, pero, por supuesto, no tuvo respuesta.

–¿Qué hacés tan lejos de casa? –le pregunté.

P-22 abrió la boca como si fuese capaz de contestarme, pero solo bostezó y sacó la lengua rosada y suave. Después nos miró detenidamente a cada una. Isa le tendió una mano, pero él no le hizo caso y se alejó, majestuoso bajo las luces, una retirada de mutis, y se perdió en la oscuridad. Esperamos en silencio varios minutos, pero no volvió. Jenny lagrimeó.

–Jamás pensé que iba a verlo –dijo–. Eres tú, hermana, vino contigo.

–¿Te acuerdas de cuando lo buscaban con Dizz? –me preguntó Isa, y entonces lloré yo, y las tres, borrachas, nos dimos la mano, conscientes de que habíamos visto la magia y el misterio, y que tenía ojos amarillos.

Me desperté sola en la casa, con la ropa puesta y todavía borracha. Había soñado con el observatorio y gatos nadando. Me duché y bajo el agua sentí el horrible dolor de cabeza de la resaca. Sobre la mesa de la cocina Isa me dejó un teléfono para llamar un auto confiable, indicaciones sobre dónde dejar la ropa para lavarla, páginas impresas donde había tipeado la leyenda de los huesos de Elisa (siempre vieja escuela). Jenny había salido –hacía años que trabajaba en montaje para varias productoras– e Isa tenía una reunión: me la imaginé saliendo con su velo negro de siempre sobre la cara, el rodete sostenido por alguna joya con falsas esmeraldas y su vestido largo. Tuve tiempo de comer alguna fruta y nadar desnuda. Antes de irme rodeé la propiedad en busca del puma, pero no lo encontré. Isa me dejó una posdata en la nota: «Fue una visita de Dizz, vino a saludarte en forma felina. Estoy segura, lo creo. Pero no te vuelvas loca. El animal solo lo trajo un ratito, pero no es él. ¿De acuerdo?».

De acuerdo, pensé.

Llegué a tiempo para volver a subir a la terraza del Cecil y pensar otra vez en Richard Ramirez cubierto de sangre, un predador de la noche endemoniado y con los pómulos de un semidiós. Había menos gente esa noche; imposible sostener la concurrencia todos los días, pensé. Tenía que hablar con el encargado del hotel y preguntar por qué permitía las reuniones: cualquier respuesta era admisible, hasta que les daba publicidad. ¿Cómo habrán sido los últimos momentos de Dizz, pensé, antes de que lo encontraran muerto en Venice Boulevard? Había un hospital cerca, pero siempre negaron haberlo echado como, sabíamos, hacían con los *homeless*. El padre de Isa les hizo un escándalo, pero creo que en el hospital decían la verdad. Quizá Dizz no sabía que había un centro de salud cerca o no llegó a la guardia o no quiso hacerlo. Quizá la cercanía fue solo casualidad. A lo mejor no lo hubiesen salvado. En una época me sabía los resultados de su autopsia de memoria. Ya no, o no quiero recordarlos en detalle.

Nos arrodillamos. Yo tenía al lado a la misma chica que la noche anterior: la recordaba por el pelo verde en dos desprolijas colitas y una sonrisa muy linda. Un chico tenía botas texanas como las que usaba Dizz en la playa a pesar de que se le llenaban de arena. Quería llamarlo, escuchar su voz en el teléfono. Jamás había entendido su muerte del todo, y ahora que había vuelto a Los Ángeles después de tanto tiempo era ridículo que él no estuviera, que no fuese capaz de bailar a los Rolling Stones toda la noche en el estudio. Él tenía un departamento bastante grande en Hollywood y podíamos llegar casi directo a la casa de Isabella en Laurel Canyon y él subía un poco más hasta el estudio; pero nada podía durar, no estaba hecho para eso, Dizz era cobre, al cobre se le desvanece lo dorado con el tiempo y deja manchas verdosas en la piel; eso fue nuestro tiempo juntos, solo que las manchas no se iban de mi piel como pasa con los anillos de cobre. No me las podía sacar.

La chica del mantra dejó de repetirlo. No me di cuenta porque estaba desconcentrada. Y casi me pierdo el momento en que se levantó gritando, rugiendo, y provocó una estampida que por poco me deja pisoteada en el suelo. Pude levantarme con dificultad, alguien me había pisado una pierna con ganas, y repetí lo que hacían los demás porque no escuché la revelación de la chica del mantra, con quien después hablaría y le pondría nombre. Todos apoyaban la cabeza —la oreja, mejor dicho— contra el tanque, y también las dos manos. Hice lo mismo. Escuchaban.

Algo se movía adentro y golpeaba las paredes de metal: sonaba como puños y patadas. Iba en círculos, no era errático. Cuando estuvo cerca de mí, lo sentí venir, dejé de pensarlo como una cosa y lo pensé como Elisa. Sentí sus puños. Los golpes en mis oídos eran inconfundibles: eran manos en el eco del vacío resonante de algo lleno de agua. Todos lloraban menos yo.

La chica del mantra preguntó en voz muy alta:

—¿Cómo estás, Elisa?

Y a mis oídos llegó la voz de una criatura muerta y lastimada, una chica sirena rota, sin cola, que decía *so lonely lonely lonely.*

Sola sola sola.

Y después dejó de golpear.

La ciudad brillaba, neón húmedo y frenadas y el eco de las manos fantasma bajo el agua mientras de rodillas esperábamos que volviese la voz delicada que viajaba en ondas, como montada en una marea artificial, más cerca del cielo que del océano. Nos quedamos de rodillas más de media hora. Nadie quería aceptar que Elisa se había ido otra vez.

LOS HIMNOS DE LAS HIENAS

> *Sites that had been host to extraordinary suffering will eventually be either burned to the ground or turned into temples.*
>
> CORMAC MCCARTHY

Llueve sobre las sierras y el padre de Mateo habla de su militancia contra el mural que la intendencia planea pintar sobre el dique. Siento cómo el agobio y el aburrimiento, los restos de la depresión, se me acumulan en la garganta. Los ojos de Mateo me impiden retrucar. No se puede decorar algo histórico, dice, ¿todo tiene que ser atractivo para el turismo? Quizá en otro momento o acerca de otro lugar tendría razón, pero el dique es una verdadera porquería de cemento sin ninguna belleza, que además tiene una grieta, y el agua huele mal, como a estancada; es decir, creo que la intendencia de este orgulloso pueblo grande debería más bien investigar qué pasa con el agua y por qué apesta.

Les pido permiso porque quiero fumar, y Mateo no me sigue porque sabe que necesito unos minutos solo. Esa es su inteligencia, al menos conmigo: en ciertas situaciones, en cambio, es un atrevido porque le cuesta leer el peligro. Me gusta así, Mateo: lindo y arriesgado, pero casi siempre atento.

Mi padre, del otro lado del teléfono, escucha mis quejas susurradas y después pregunta:

–¿Son gente agradable? ¿Cómo lo tratan al hijo, y a vos?

–Ah, eso muy bien.

–Eso te parece poco.

–Debería ser lo normal.

–Bueno, no lo es. Qué más te molesta.

–Habla todo el tiempo mal de la Argentina, dice cosas como «yo entendería si mis hijos se van», «si quieren lo hacen, tienen pasaporte».

–Es lo que dice el ochenta por ciento de la gente y después lloran escuchando una zamba.

–OK, tenés razón.

–¿Te sentís bien?

Lo pienso. Diferenciar el malhumor del reinicio de una depresión no es tan fácil. Pero lo sé: es malhumor. Me acuerdo de dormir y coger con Mateo anoche, con la ventana abierta, esperando la tormenta negra sobre las sierras, y sí, es malhumor. Se lo digo.

–Volvé a tomar té con esa gente y hablamos mañana.

Nunca dice «te quiero», mi padre, pero a mí no me hace falta.

Cuando deja de llover, las hermanas de Mateo, que son más grandes que él (una es masajista, la otra profesora de gimnasia, y se nota que ambas están preocupadas por estar preciosas), me muestran el rosedal pequeño que cuidan en el parque enorme de la casa. Ganaron mucho dinero con el padre, que es veterinario jubilado y se encargó de todos los animales de los alrededores, y la familia de la madre es dueña de una cancha de golf en las afueras, a la que van ricos en general. El padre de Mateo se nos une mientras acariciamos los pétalos blancos y rojos y dice que está muy contento de no ser más veterinario porque todo lo que hacen en el campo con los animales es de una crueldad espantosa. Me sorprende que diga eso y pienso

124

que lo juzgué mal. Ahora atiende a los gatos y los perros de los vecinos y de sus amigos, cuenta, pero no es lo mismo especializarse en mascotas, por eso no cobra: hace lo que puede, pero siempre les recomienda ir a un profesional que sepa sobre animales pequeños.

—Yo sé sobre caballos y vacas.

Y cuando dice eso, se escucha, con la brisa o con el viento fresco, unas risas o un cacareo que después se convierten en el aullido agudo de una garganta rasposa, atragantada. Se escucha muchas veces y se va, y todos estamos en silencio, especialmente ante esa carcajada inhumana que podría ser un pájaro pero que se escucha al ras del suelo. Saben que deben explicarme de qué se trata.

—Las hienas —dice el padre de Mateo—. Serán hijos de puta.

Mateo, que está un poco más lejos de nosotros con la taza de té en la mano, es el que me explica:

—Para traer más turistas al pueblo...

—A la ciudad —dice el padre.

—*Whatever*. Para traer más turistas se armaron un zoológico a todo culo y ni pensaron en el gasto ni en que ya hay mucha gente a la que le parecen cárceles, ¿no? Para mí es una cárcel.

La madre intervino:

—De que te parezca mal a quemarlo hay un trecho.

—Yo no lo quemé. Más sospecharía de vos porque estaba al lado del golf.

La madre terminó la historia:

—Trajeron, uy, no sé cuántos bichos. Monos de todo tipo, me van a corregir simios estos, porque son unos puntillosos, pero vos me entendés. Menos gorilas creo que todo. Leones, un tigre, jirafas, focas y animales de ese tipo, un serpentario tremendo que a mí me daba un cagazo espectacular, pájaros... Y trajeron hienas también. Pumas había, pobrecitos. Esos se quemaron porque no pudieron salir.

—¿Esto cuándo fue? Debe haber salido en los diarios —me asombré. Pensé en los animales, en el fuego, y tuve escalofríos.

—¿Hará un año, Mateo? Más o menos. Sí, salió en los medios. ¡Hasta en la Capital!

Un año atrás yo estaba internado y babeando de medicación. Por eso no sabía nada.

—Vos ni mirás la tele. —Mateo sonrió, cuidándome, de nuevo.

No se sabía quién había iniciado el fuego, si enemigos políticos del intendente, o si había sido involuntario (en verano, había incendios en los bosques de eucaliptos y quizá habían llegado hasta el zoológico, que tenía muchos árboles), y también se hablaba de activistas por los derechos de los animales y, de hecho, se los había acusado aunque ellos aseguraron, con razón, que jamás provocarían semejante daño a quienes querían proteger. Habían protestado mucho y de forma sostenida, así que terminaron siendo el chivo expiatorio.

—El juicio empieza este mes —dijo Mateo—. Ahora viene lo de las hienas. La mayoría de los animales que murieron en el incendio porque se quedaron atrapados no fueron, hablemos en serio, la mayoría. Se murió una leona, que fue un espanto, y dos pumas, no entiendo cómo, porque los gatos saltan, pero se ve que estaban medio arrinconados. A los demás se los pudo atrapar a todos, hasta a las dos jirafas, y se los mandó al zoológico de Luján. Los animales de agua zafaron por las piletas. Las únicas que se escaparon y no pueden encontrar ni vivas ni muertas son las hienas. Había una pareja, así que capaz hasta tuvieron cría. Se las escucha. Yo nunca las vi, pero no ando por las sierras.

—Yo sí ando —dijo la hermana profesora de gimnasia—, y tampoco me las crucé. Pero una vez las escuché así riéndose, cerca. Estaba corriendo en la sierra y me pegué un pique de vuelta que madre santa. Tardé un mes en volver a subir.

—Igual son carroñeras —le dijo Mateo, y se le acercó para hacerle cosquillas—. Nomás te comen si ya estás muerta.

—Sorete, soltame.

Las hienas no eran carroñeras solamente, y él lo sabía, pero quiso relajar el momento un poco. Logró hacerla reír sin soltar su taza de té.

—Hay gente que las vio —dijo el padre, poniendo paños fríos como Mateo—. Pasa que tienen un color parecido a la sierra y boludas no son.

No comimos juntos. Las chicas se fueron, los padres de Mateo tenían un cumpleaños y nosotros nos hicimos una picada grotesca con chacinados de la zona y quesos de todo tipo, más cervezas locales y un champán. Desde que dejé de tomar las pastillas, el alcohol me pega como un martillazo, pero me emborraché levemente. Ninguno de los dos tenía ganas de coger, así que nos hicimos unas pajas mutuas y perezosas que nos llenaron de sueño y ganas de estar debajo de las frazadas. Mateo abandonó los restos de la picada en el pasillo: a la mañana los limpiaba la empleada, Doris, que era como una sombra.

—¿Cómo es tener padres ricos? —le dije desde la cama.

—Genial —dijo él, y saltó sobre el colchón antes de meterse en la cama a mi lado.

Le acaricié el pelo siempre un poco electrizado; la única luz era la de la tele sin sonido. No me gusta dormir a oscuras, a Mateo le da igual.

–¿Sabías que las hienas hembras tienen pija?

–Ay, no, de vuelta con las hienas.

En la oscuridad, le escuché la curiosidad a pesar de la queja y seguí:

–Bueno, tienen un clítoris en forma de pene que imita una pija. Hasta tienen escroto falso.

–¿Huevos?

–Sí.

–Las hienas son trans.

–Ni se te ocurra decirlo afuera de esta habitación.

–Sabés bien que estoy entrenado. ¿Y se les para?

–Sí. Pero se les hace difícil parir, porque no tienen vagina o algo así.

–¿Y por dónde salen? Algo tienen que tener.

–No me acuerdo. Tampoco me acuerdo de por qué evolucionaron así.

–Qué, es de la época que mirabas National Geographic.

–Sí, pero me quedó ese detalle.

–Sos un morboso en el fondo –dijo, y bostezó.

Afuera llovía mucho y me costó dormir. Hasta escuché a los padres de Mateo volver del cumpleaños bastante tarde y, por lo poco que entendí de lo que decían, medio borrachos.

Nos levantamos temprano para poder pasear por el pueblo. La ciudad, me corrigió Mateo, en chiste. No había mucho que ver, pero tenían una portada de cementerio hecha por el arquitecto Francisco Salamone, un Cristo art déco sacado de una Metrópolis de pesadilla pegado sobre una cruz gigantesca, de más de diez metros. El cementerio no era gran cosa, me dijo, pero lo podíamos recorrer otro día. Salamone hizo algunas casas privadas en la ciudad, te las voy a mostrar. Los dueños las hicieron mierda adentro, la gente es muy bruta, pero de afuera no las pueden tocar. El museo regional estaba cerrado: todavía conservaba cabezas de indígenas asesinados durante la Conquista del Desierto, y muchos vecinos habían hecho peticiones para que, al menos, si nadie las reclamaba, las guardaran, que no se exhibieran.

–Pero siguen ahí. –Mateo se encogió de hombros.

Nos sentamos en la plaza frente al museo, que era muy bonita. Estatuas traídas de Francia, una de un joven tirando un disco que debía haber sido la locura de los pendejos putos del pueblo, y una glorieta limpia y sin adolescentes con sus teléfonos, al menos esa tarde. Mateo era casi un adolescente comparado conmigo, pero no se notaba tanto la diferencia de edad. A sus padres no les molestaba; de hecho, creo que les parecía mejor, aunque ni lo mencionaron. Diez años, después de todo, no eran tantos.

–Ya sé dónde podemos ir –dijo, y me dio un beso ahí en la glorieta. Yo me puse tenso, pero él me miró con sus ojos siempre sorprendidos y negó con la cabeza. De día, al menos, en el pueblo nadie iba a hacer algo más que gritarnos trolos. De noche, con los borrachos en las motos después de la previa, era otra historia. Y siguió con su plan–: Al palacio de los Aguirre.

Ahora yo dije que no.

–Me revienta el turismo de campos de concentración –rezongué.

–No, ¡es tan lindo! Ya terminaron además los juicios, ya se juntó toda la prueba. Es una mansión espectacular. En el parque hay una placa y un monumento que para ser de un escultor local está bastante bien.

–Me lo estás confirmando. Fue un campo de concentración.

–Sí, se sabe que torturaban en el sótano. Pero fue muchas cosas más. La casa de verano es de los ricos estos, que *bytheway* son los dueños de todos los quesos que te comiste anoche, así que al Mal ya lo tenés incorporado. Después los expropió Perón y, cuando se la devolvieron, a la mansión, digo, se la habían fumado toda y la donaron, comillas, al Ministerio de Educación. Así que del 55 hasta que vino el golpe fue un, ¿cómo se llama donde se estudiaba antes para ser maestra?

–¿Magisterio?

–Sí. Y lo usaron de centro clandestino un año nomás según el juicio, porque parece que la gente iba a jugar al predio, es enorme, son como cincuenta hectáreas, y aunque queda bastante lejos de la ciudad, no era tan secreto. Acá siempre se fue a jugar a ese parque. Tiene una glorieta como esta pero mil veces más grande, toda llena de hiedra; parece Rivendel.

Suspiré.

–Se mete gente a vivir también. Hace poco, me dijo mi hermana, se cayó la escalera. Tienen cerámica italiana, había hasta adornos venecianos, una locura. Ahora hay muchas pintadas.

–Pentagramas, me imagino.

–¡Satán! De esas cosas que a vos te gustan, no te hagas el pelotudo. Si te hace sentir mal nos vamos. Estoy con el auto.

–No me voy a sentir mal –dije, y traté de tragar mi hipersensibilidad–. Vamos.

Entramos por la parte de atrás, es decir, por lo que Mateo llamaba Rivendel. La glorieta, sin techo, con una mesa redonda en el medio, realmente parecía, sobre todo por su escalera, el escenario del Concilio de Elrond. Desde abajo no se veían las ruinas del castillo, como se lo conocía, y supongo que se le debía llamar así porque se construyó en los años veinte imitando a los castillos franceses, pero con una mezcla bien argentina, como iba a ver después. No soy un experto, pero reconozco una baldosa española cuando la veo. El don Aguirre, de los quesos y quién sabe cuántos campos, era obviamente vasco; ella, para quien hizo el castillo, francesa. Tenían casa en Europa también, en Alemania. Como al zoológico, el fuego se había llevado parte del castillo.

—¿Este fue intencional también?

—Vos sos argentino como yo, no me preguntes pavadas. No se puede saber.

Mateo me contestó así, pero no estaba enfurruñado. Al contrario. Me hablaba de pícnics y recitales, de incluso primeros novios en Rivendel, de tener miedo de quedarse de noche, pero sobre todo porque era lejos (o eso decía). Señalaba la escalera derrumbada y la chimenea increíblemente bien conservada. Todo el mármol de Carrara y las canillas de oro de los baños se las llevaron los militares.

—Lo que más me saca es que eran chorros, encima.

—También robó la gente que venía, no te creas. Había incluso muebles. El incendio atacó los árboles, había algunos muy viejos. Acá apenas llueve. Vení.

Rodeamos el castillo por la izquierda. Había pocas pintadas y muchas de ellas eran declaraciones de amor. La boiserie de madera, sin pintar, se conservaba en lo que seguramente era el hall de entrada y quizá el comedor principal.

—A mí me gustan las ruinas —susurré, porque la ausencia total de otros visitantes o de gente jugando o corriendo o tomando sol en el parque me estaba poniendo nervioso—, pero esto se pudo haber arreglado.

–Ya no. Pero tampoco lo van a demoler porque al intendente lo cuelgan de la pija. Entonces está así.

Encontramos un aljibe sin balde, que parecía muy profundo, y algunas ventanas, todas con los vidrios rotos, tapadas con chapas. Las tejas se mantenían en su lugar, lo mismo que las columnas de la entrada. Era extraño: daba sensación de fragilidad y permanencia a la vez, como si el edificio se resistiera a las calamidades, al tiempo y al abandono. Se resistía con poco, con uñas cortas y manos artríticas, pero se aferraba a esa vida rural, a su majestuosidad triste, al lento regreso a la vida de los árboles quemados.

–Entremos, dale, es temprano –dijo Mateo.

Me iba a negar, pero ¿para qué? Casi por reflejo comprobé si había señal de celular. Había. Adentro faltaban grandes trozos de techo en muchas habitaciones y en algunas se filtraba la hiedra. Pero no demasiado. No como ingresa en las verdaderas ruinas. Adentro se notaba más. Alguien viene acá, pensé. No solo los linyeras, no solo gente que viene a pasar la noche. Alguien ayuda a mantener el edificio.

La idea me hizo retroceder y casi tropiezo con un pedazo de inodoro. Al darme la vuelta vi una de las habitaciones y tuve que ahogar un grito. Estaba llena de ropa. Casi un metro de ropa, no en un montón en el medio, sino sobre toda la extensión del piso. Mateo la vio y tuvo una reacción totalmente opuesta a la mía. Me di cuenta de que se trataba de uno de esos errores de juicio que a veces tenía, una ceguera temporal ante el peligro. Pero no se lo podía explicar.

–¡Mirá qué loco! Debe ser, ya sé, en el parque se hacen ferias y se vende ropa de segunda mano. La que ya ni da para vender la deben tirar acá.

–No la toques.

–¡No es ropa de muerto!

–Qué sabés. En todo caso, es ropa ajena.

–Ah, por qué les va a molestar que juguemos un rato si la dejaron acá llena de polvo.

–Es mucha ropa, Mateo.

No sé qué quise decir con eso. Que no era normal esa acumulación. La ropa no estaba ordenada ni tenía ningún objetivo claro, pero me recordaba, y eso no podía decírselo porque se iba a reír, a la ropa dejada atrás para entrar a un lugar de exterminio. El exterminio es desnudo. Era una tontería. La ropa era nueva. Y alguna, como descubría Mateo mientras yo trataba de respirar normalmente y buscaba una pastilla (un «rescate», como lo llama mi psiquiatra) en el bolsillo del jean, eran disfraces. De hecho, se puso sobre la remera una blusa dorada de manga larga, que parecía de un payaso o un animador, con botones rojos enormes. Sacátela, pensé. Como si le hubiese llegado mi pedido, se cayó sobre la ropa, pero, lejos de asustarse, le escuché esa risa despreocupada que, sin embargo, en la soledad y las altas paredes del castillo parecía un cacareo. Tuve miedo de que, cuando se levantara, no tuviese la piel bronceada que tanto me gustaba, sino las manchas moteadas de las hienas.

Se levantó animado y juguetón. Con la caída había encontrado una galera medio rota y se la puso de costado. En otro contexto hubiese corrido a abrazarlo: el pelo largo le quedaba perfecto con la galera negra. Igual seguí sin entrar, pero él salió, con la ropa puesta, y en uno de los pasillos fingió sacar algo de la galera, con las piernas curvadas como un cómico de cine mudo. Se la volvió a poner y siguió la excursión despreocupado. Yo paré un segundo a tomarme la pastilla. Seguía nervioso. La sensación de alerta no había pasado.

Perdí de vista a Mateo y grité su nombre. No me contestó. Él no me hacía ese tipo de chistes. Ni a mí ni a nadie. Más asustado, apuré el paso: no corrí para no caerme tropezando con algunas de las tantas cosas, vigas y maderas y colchones, que había por ahí.

La habitación siguiente no era una habitación. Era un garaje que ningún espacio sugería desde afuera. De todos modos, se podrían haber tirado abajo algunas paredes y arreglado el techo para que provocara el efecto insólito que estaba viendo: completo, sin grietas, sin agujeros, solo una claraboya en el centro que iluminaba de forma tenue todo el espacio, pero de manera muy clara el centro, como una luz artificial, teatral. Un reflector. Y, debajo, un hombre.

Al principio me costó acomodar los ojos a la semioscuridad, pero al fin lo vi. Totalmente calvo: su cabeza era enorme y pesada, como un busto de bronce. Estaba vestido con una camisa blanca y pantalones de trabajo o de policía, no se veía bien. No se lo veía bien a él en otro sentido: su presencia se parecía a flashes, a disparos de una cámara.

Tenía a Mateo atrapado del cuello con un brazo. En el otro blandía un cuchillo.

–Siempre lo mismo –dijo.

No vi que moviera los labios, pero no había nadie más ahí. Y entonces empezó lo peor. Arrastró a Mateo de los pies por toda la sala y, cuando gritaba, le pateaba la cara o las costillas o el estómago hasta que yo mismo le dije, callate, callate, y el tipo pensó que le hablaba a él.

–¡Vas a ser el próximo! –me gritó. Ladraba. Y se rió cuando saqué el celular, que estaba apagado–. No sirve acá eso. Estás en otro lado.

Levantó a Mateo y lo arrojó contra lo que yo creía que era la pared, pero no: era una cama. Sin colchón. Los elásticos de una cama. Miré alrededor: había muchas, como en un dormitorio comunitario de un orfanato o de una prisión. O de una sala de torturas. Mateo estaba medio desmayado, pero el hombre no dejó de pegarle y, cuando por fin pude moverme y corrí, me caí al piso. Tenía los pies atados. No me había tropezado ni enganchado con nada: los tenía atados, y muy bien, con cinta adhesiva. ¿Cómo había pasado eso? ¿Alguien lo había hecho y no lo sentí?

Desde el suelo vi acercarse sus botas y, al mismo tiempo, escuché cómo, desde las camas, llegaban llantos, gritos, súplicas, puteadas.

–Pero no los escuchan –dijo el hombre, y su calva brilló bajo la claraboya–. Estamos lejos. Y, además, tengo ayuda. ¡Las hijas de la noche!

Y las hienas empezaron a cantar. No puedo definirlo de otra manera. Se reían y aullaban, pero el coro tenía cierto sentido estético horrible, funerario, la anticipación de una jauría infernal que tiene la obligación de no dejarte escapar y que lo disfruta con locura.

El hombre sacó a Mateo de la cama y lo tiró a sus pies. Le vi la cara ensangrentada, pero los ojos estaban idos. ¿Lo había matado? No. Las manos le temblaban, probablemente de dolor.

–Lo flojos que vienen, eh. Ya no se bancan una paliza. Yo tengo mucha resistencia. Siempre tuve.

Las hienas se reían y pensé: esto no existe. Pero cómo escapar de algo que no existe. El hombre nos gritó:

–¡Miren, guachos! Esto es resistencia.

Y se cortó la oreja con el cuchillo. No fue un corte seco y definitivo. Se la cortó como a un salamín. Serruchando.

Lo miré en silencio, con odio, con miedo, pero también con la certeza de que no era una persona. No podía serlo. Las camas corcoveaban como si tuvieran gente encima, las mismas personas que lloraban, y sus llantos eran tapados por las hienas. Pobres animales, las hienas. Nadie nunca piensa algo bueno de ellas. Le sostuve la mirada al pelado y le dije:

—A ver qué más aguantás.

De la misma manera, como si fuese un serrucho, se cortó la punta de la nariz. La sangre goteaba sobre Mateo, que se despertó y, cuando lo vio, volvió a intentar escapar. El hombre le pateó la entrepierna con fuerza. Pero ya no tenía tanta energía. ¿O me parecía a mí?

—Quiero que te rías como tus amigas. Agrandate la sonrisa. Dale. ¿Aguantás el dolor o no?

—La puta que te parió —dijo, y ahora sí, de dos tajos se agrandó la sonrisa. El hombre que ríe.

Le vi las muelas viejas, emplomadas, amarillas, bajo la luz de la claraboya. Pero su presencia, esos flashes como de fotos en los que aparecía, cada vez era más corta. Los flashes entre los baches de oscuridad, quiero decir. Se corrió de la luz de la claraboya, sangrando. Me arrastré para estar cerca de Mateo, que tenía la cara roja de sangre y de esfuerzos para no gritar y recibir más golpes.

Lo escuché rugir cuando vio que me arrastraba y otra vez empezó a patear a Mateo en el suelo: sabía que era más efectivo que pegarme a mí, que me dolía más.

Algo pasó cuando cerré los ojos, solo por el esfuerzo de pensar qué hacer, a quién llamar, cómo escapar. Llegaba con las manos a las ataduras de los pies, pero estaban muy bien hechas: yo también necesitaba un cuchillo. Usar las camas no iba a servirme, pero a lo mejor eran el secreto. Cuando traté de acercarme a alguna de ellas, ya no estaban. Las camas habían desaparecido de la misma forma que, de repente, habían surgido de la nada. Entonces lo supe. Él también se iba a ir. Tenía que evitar que se llevara con él a Mateo. Y lo único que funcionaba era desafiarlo: hacerlo perder tiempo. Por algún motivo, obedecía órdenes. Un soldado bajo la claraboya. Un soldado que quería dolor.

–Cortate un dedo. Para mí, a vos la cara no te importa. Pero un dedo, para tu trabajo...

Gruñó a la claraboya como un animal atrapado, como si esa luz lo creara, su dios que estaba silencioso y no le permitía decir no y terminar su trabajo, no lo dejaba desobedecer las órdenes de ese gusano que se arrastraba en el suelo. Volví a sacar el celular. Estaba encendido. No tenía señal, pero sí luz. Puse la linterna y lo iluminé.

Ojalá no lo hubiese hecho, porque ahora no puedo olvidarlo. Las mejillas abiertas, la nariz como de calavera, esa calva limpia y radiante.

Cuando estaba por llevarse el cuchillo al dedo, desapareció. Y con él la claraboya y lo que quedaba, si quedaba algo, de las camas. La cinta adhesiva que rodeaba mis pies. Estábamos, Mateo y yo, en una sala grande abandonada, parecida a las otras; es decir, en las ruinas del palacio. Y era de día. El celular, que funcionaba, inclusive el reloj, decía que habían pasado diez minutos.

Mateo estaba desmayado, así que lo tomé en brazos y le saqué la ropa de payaso afuera, sobre el pasto. Dejé por ahí la blusa dorada y esa galera tortuosa. No tenía ni una herida ni un moretón ni la sangre del pelado sobre la cara tal como se la había visto. Le levanté la remera. La piel de siempre. Lo subí al auto y traté de recordar cómo manejar. En el pueblo no había muchos autos, pero sí motos y bicicletas, que andaban a toda velocidad, y nadie llevaba casco.

Llegué pálido y temblando al hospital, pero Mateo ya se había despertado. Lo convencí de entrar a la guardia con una mentira. Que cuando salió de la habitación llena de ropa, lo último que se acordaba, se había llevado una viga por delante y, al caerse, se desmayó. Lo revisaron sin mayor preocupación porque lo encontraron bien. No tenían el equipo para hacer una resonancia magnética en la ciudad, pero no había ningún signo de contusión. A lo mejor estabas en ayunas, le dijo el médico, y le desordenó un poco el pelo. Todos conocían a su familia y lo habían visto crecer.

Volvimos en silencio y yo manejé. No estaba asustado por el supuesto accidente, pero algo lo mantenía con los labios apretados. Por supuesto, cuando llegamos a la casa de su familia era todo sonrisas, aunque no les contó lo de la ropa.

—A mí ese lugar no me gusta —dijo su mamá—. Por mí que se caiga, que lo derrumben. Ya investigaron, ya está. Ese lugar no puede tener nada nuevo y es siniestro.

Mateo se acercó a la cocina, a servirse un vaso de Coca-Cola. Cuando me besó, tenía el gusto metálico y dulce en la lengua.

—No me cuentes nunca lo que pasó en el palacio. No se lo cuentes a nadie —me dijo al oído.

—No sé de qué estás hablando —le respondí, muy serio—. A lo mejor sí que quedaste mal del golpe.

Me apuntó con el dedo al pecho. El gesto decía: vos sabés guardar secretos.

También decía: gracias.

DIFERENTES COLORES HECHOS DE LÁGRIMAS

¡Ay, la llaga en color de ropa antigua,
cómo se entreabre y huele a miel quemada!

CÉSAR VALLEJO,
«Absoluta»

Caminé varias veces la cuadra, de esquina a esquina, y aunque chequeaba en el teléfono la dirección, debía estar equivocada. No podía ser en la vereda de enfrente, porque estaba el Jardín Botánico. Y los edificios en la cuadra indicada eran todos embajadas, bibliotecas, casas tan fastuosas que por imposibilidad de mantenerlas financieramente ahora eran geriátricos u hoteles de lujo: resultaban increíbles como lugar habitacional. «¿Acá vive gente?», preguntaba siempre mi amiga Luzmala cuando veía una casa espectacular, las dos en el coche fumando un porro con el aire acondicionado al máximo, porque ella odiaba el calor (y por «calor» entendía 20 grados).

Volví a mirar la dirección, a veces los clientes ponen mal un número, porque pensaba llamar por una confirmación, pero encontré una entrada de edificio medio oculta entre las embajadas. Parecía un anexo protocolar del Vaticano, pero no: tenía los timbres de cada departamento, uno por piso, y una entrada de bronces, espejos y mármoles típica de la zona. Toqué el timbre: el cliente había escrito que podía ofrecer más de veinticinco vestidos y joyas, y en esos casos lo habitual era que los llevara por sí

139

mismo al negocio, pero avisó por mensaje que era un hombre viejo, que no tenía auto ni chofer, y no quería cargar con tanto en un taxi. Lo hubiésemos dejado pasar con un «muchas gracias» en otra circunstancia, pero después del mensaje mandó algunas fotos y Luzmala, Dalila (la jefa y dueña del negocio) y yo nos quedamos mudas. Los vestidos parecían vintage *de verdad*, como los llamábamos nosotras, es decir, no prendas de los sesenta o setenta de telas ya frágiles y amarillentas, sino anteriores, de mejor calidad y en aparente buen estado. ¡Y las joyas! Estoy segura de que son copias, dijo casi sin respiración Dalila, pero parecen Lalique o Fouquet. Es imposible, porque esas piezas suelen estar en museos, pero aunque sean copias son exquisitas. Parecen hechas de lágrimas, dijo Luzmala mientras agrandaba las fotos y ella misma lloraba, lágrimas de diferentes colores. Por una vez le dejamos pasar el melodrama, porque las joyas se lo merecían.

No tardaron en atender el timbre: pensé que lo haría una mujer, una empleada quizá, pero no, era la inconfundible voz de un anciano. No pude evitar cierto disgusto en la boca del estómago. Sé que no debo decirlo en público y mucho menos sentirlo, y que los viejos tienen problemas de soledad y jubilaciones magras e hijos crueles, y que pierden la cabeza y se enferman, pero a mí no me gustan los viejos. No sé qué haré cuando yo misma sea vieja: espero morirme antes. Me pasa algo muy extraño. Siento que fingen. Que los achaques, el caminar despacio, la constante charla sobre enfermedades y médicos, el olor de la piel, los dientes postizos o en mal estado, las repeticiones de las anécdotas, todo es una puesta en escena para irritar. Por supuesto, sé que no es así, pero no puedo evitar sentirlo y les tengo una desconfianza que me obliga a mantener la distancia, a jamás conmoverme con las historias del abuelo, a poner los ojos en blanco cuando algún empleado de la tienda se toma unos días porque se murió su abuelita. Quién puede sufrir tanto por esa muerte como para no ir a trabajar, me pregunto.

Quizá sea el recuerdo de mi abuela, siempre de negro y la nariz ganchuda, incapaz de una caricia, que juzgaba a todas las mujeres del barrio como putas o –su palabra favorita– atorrantas. Tampoco me traumatizó: dejé de verla en cuanto pude y mi padre se encargó de su entierro y velorio, al que fui de madrugada. No había casi nadie. Se merecía ese desprecio final.

El ascensor me dejó en una pequeña sala, frente a la puerta del departamento. Cuando era más chica, me preguntaba cómo eran estas casas de ricos, ¿no tenían escaleras? Pero sí que tenían, solo que del otro lado del departamento, cerca de las habitaciones de servicio, como un secreto oscuro. El viejo, vestido con un traje gris y zapatillas blancas, me tendió la mano.

–Noé –dijo, y sonrió con dientes tan blancos que daban asco por lo artificial–. Como el señor del arca.

En el vestíbulo había un piano negro, no llegué a ver la marca porque él me llevó bastante rápido –veloz con sus zapatillas– a la biblioteca. Era incómoda y hermosa, con sillones de cuero un poco gastados y demasiado blandos para sentarse cómodo, y algunas mesas muy pequeñas, como para tirar tarot o de café francés. Los libros ocupaban todas las paredes menos una, la del ventanal, que daba a un jardín interno, no sé si suyo o del edificio, pero intuí que le pertenecía al piso, porque ya no podía llamarlo departamento.

En una de las mesas chicas me esperaba un café corto, muy cargado, sin azúcar.

–Me tendrá que disculpar –dijo Noé. Tenía los ojos algo nublados, ¿cataratas? Parecían un cielo gris–. Hoy no pudo venir la muchacha y me temo que soy un inútil.

Le sonreí y me tomé el café de un trago. Me miraba con tanta intensidad que temí que el café fuese un brebaje para dormirme o drogarme, pero enseguida pensé: no, es tu aversión a los viejos, y este es un viejo bastante repulsivo porque finge ser encantador.

Me empezó a contar sobre su esposa. Llevaba dos años muerta. Ambos tenían mucho dinero (aquí hubo una diatriba sobre el país y su penosa economía y sus políticos corruptos que dejé de escuchar, porque todas esas diatribas son exactamente iguales). Ella venía de una familia tradicional, heredera de campos y tambos. Él era un comerciante exitoso, dueño de inmobiliarias y de una marmolería cuyo nombre me dijo y olvidé porque solo pude pensar para qué sirven las marmolerías y la respuesta era única: para lápidas. Para nichos. Viejo funebrero, pensé. Lo único que me gustaba de él era el pelo, blanco y espeso, envidiable. Le expliqué nuestro método: podía vendernos las prendas o dejarlas en comisión por un porcentaje y recibir un mejor precio si se vendían. Me interrumpió: las quería vender. A cualquier precio. Incluso las regalaba. El precio que había enviado, de hecho, era muy bajo para la clase de vestidos y joyas que ofrecía, pero no quería que siguieran en la casa. Tenían el olor de su mujer, eran su presencia encerrada en un ropero, no quería volver a sacarlas buscando un aroma que se perdía con los años, no quería ver en el espejo, de reojo, su fantasma acomodando la cintura y frunciendo la nariz si no estaba conforme. No quería pasar lo que le quedaba de vida con ella. Había más vestidos, pero los iba a regalar a familiares o donar al Museo del Vestido, que estaba muy interesado.

142

Tuve que ir con él hasta la habitación donde guardaba la ropa, atravesando un pasillo oscuro en el que intuí pinturas bastante oscuras, como paisajes de medianoche o de tormentas. El ropero estaba abierto y los vestidos, colgados. Al costado, un enorme espejo de cuerpo entero donde su mujer –no me había dicho el nombre– se debía mirar y fruncir la nariz. Busqué fotos, pero no encontré. Quizá las guardaba en otra habitación. El departamento parecía infinito.

–Estos son los que puse a la venta –dijo.

–¿Cómo nos encontró? –quise saber.

El hombre debía tener más de ochenta y nuestro negocio se mueve casi exclusivamente en redes.

–En Instagram –contestó, con una sonrisa pícara. Si me mentía, no iba a saberlo.

Permiso, dije, y saqué los vestidos. Eran diez. Un lamé turquesa con capa. Un Balenciaga sublime, también con capa. Un vestido de día flapper, de chiffon, con flores suntuosas bajo la cintura y hacia el hombro izquierdo. Otro de noche negro, de manga larga, broderie exquisito en quién sabe qué piedra. (De prendas y telas aprendí, no mucho de lo demás.) Uno azul sin mangas con detalles en lamé dorado. Una suerte de sari indio azul y oro. Una maravilla con espigas y bordados que rozaba el kitsch pero era una belleza. Todo entre los años veinte y los cincuenta, estaba segura. Algunas telas estaban algo débiles, pero más por el encierro: estos vestidos habían sido muy poco usados, quizá solo una vez. Mientras yo los admiraba, eran obras de arte –Dalila iba a llorar–, Noé me trajo la caja con las joyas. Una libélula con cabeza de mujer, los ojos cerrados: un broche. Sirenas, medusas, caballitos de mar, vidrio, cristal, piedras. Los dijes eran demenciales. Las esfinges. Los pavos reales. Uno en especial, de ópalo, que re-

143

presentaba un bosque renaciendo, no merecía que me lo llevara a Isis, nuestro negocio, por más que él insistiera. Era demasiado valioso, estaba segura. Se lo dije, pero no hubo caso. Se quería sacar los recuerdos de encima, pero cuando llamé al auto para que me viniera a buscar (guardé los vestidos con el mayor cuidado en una valija), el viejo me dijo:

–¿No se quiere probar uno?

La pregunta me sorprendió, pero mucho más que no agregase «me voy y la dejo sola mientras lo hace».

–No. No me gusta usar ropa de muertos –le contesté, con evidente insensibilidad, para que quedase claro que su pregunta me había puesto muy incómoda.

Miré el teléfono: ocho minutos de espera para el auto. Esta app es el mal, pensé.

–Qué tontería, me disculpa. Toda la ropa es de muertos –murmuró, y se sentó en la cama de una plaza. Parecía agotado–. Mucha de la ropa que ustedes venden es de gente que ya ha fallecido o, no lo sé, quizá la venda una mujer joven y ella puede morir al otro día, ¿no? Y la ropa que usted usa ahora, aunque la haya comprado nueva, será de muerto cuando usted misma muera.

–En general no me pruebo la ropa del local.

Siete minutos. El tiempo es absolutamente relativo, pensé.

–Pero la toca. ¿No le quedan los dedos con olor a naftalina y polvo?

–¿Cómo se llamaba su esposa? –La pregunta lo descolocó. Era mi objetivo.

Dudó, como si no lo recordara. Quería mentirme. Pero sabía que hoy con una sola búsqueda en internet el engaño queda desnudo. Era vivo, el viejo. Bicho. Lo detesté.

–Susana –dijo finalmente.

144

—¿Y de qué murió?

—De cáncer. No sufrió mucho.

—Me alegro.

Le di en mano el dinero requerido, que era bastante, pero al mismo tiempo era una suma ridícula por los tesoros que me llevaba. Dos minutos. Le di las gracias y bajé, bastante apurada. No me daba miedo el viejo, lo podía matar de una patada, pero cómo saber si estaba solo en ese piso tan grande.

Dalila, en efecto, lloró. Cuando vio el logo de Balenciaga, dio un grito. Luzmala se probó las joyas con un cuidado indecible y Dalila dijo estas no van a la venta, al menos no acá en Isis. Tenemos que hablar con un buen anticuario y creo que podemos sacar un montón de plata. Esto si no es Lalique o Fouquet, sobre todo esta del paisaje, este es Fouquet de cajón, es una copia tan buena que igual va a salir mucho dinero. Como hacía cuando estaba entusiasmada, movió los brazos para que tintinearan sus pulseras de resina coloradas, marca registrada de Dalila, la mejor jefa del mundo. No le dije nada sobre la extraña parrafada del viejo sobre la ropa de los muertos. No sé por qué. Tampoco que me había sugerido probarme los vestidos.

Luzmala estaba en la computadora con uno de los anillos aún en el dedo meñique. Los otros anillos eran demasiado chicos para sus dedos. Creo que se había enamorado de una gargantilla que era tan molesta como usar un cuello ortopédico, pero se veía como una aparición celestial.

—Miren, miren. Acá está el viejo. Es dueño de las inmobiliarias Seidel. Noé Seidel. Por suerte nos mandó su nombre completo, porque esta tarada no es capaz de preguntar nada útil.

La tarada era yo.

–No es de tarada, es que a veces se dispersa –me defendió Dalila. Estábamos las tres solas en Isis, que cerraba a las 20.00. Afuera se hacía de noche.

–Bueno. Susana, te dijo. Es Susana Swanson.

Uy, dijimos a coro. Era una rica famosa pero bastante discreta. Su apellido solía estar en las crónicas sociales. No recordaba si había tenido hijos: creo que no, porque de lo contrario el drama de los herederos hubiese sido público.

–Pero ¿no hubo un escándalo de algún tipo? Creo recordar un divorcio hace muchos años –preguntó Dalila.

–Ahí voy. Acá dice que la Susana dejó a su marido millonario por un médico de hospital público, más pobre, sí, pero estas guachas nunca un peón, eh, con lo bien que te debe garchar un peón. Y que el señor Noé se puso loquito y parece que agarró al doctor y le rompió la cara en pleno Hospital de Clínicas y, me escuchan, estuvo detenido. Poco tiempo. No le hizo nada al médico, igual, nariz rota, moretones. Esto pasó en los ochenta, ya era grande ella, mirá la señora qué espíritu. Murió de cáncer, eso es verdad.

–En el Clínicas.

–Está enterrada en la Recoleta. No dice en qué hospital murió, busco.

–Da igual –dijo Dalila–. El tipo tuvo la ropa como cuarenta años, ¿por qué ella no la mandó a buscar? Entiendo que no lo quisiera ver, pero esta gente tiene empleados.

–Capaz no la quería más –dijo Luzmala.

–Mirá lo que son, mi vida, ¿vos no los querrías a estos vestidos?

Intervine, porque yo era la única que lo conocía:

–Eran regalos de él. A lo mejor no quería nada suyo. Él tiene algo raro. La debía cagar a palos.

146

Luzmala cerró la laptop y gritó:

–¡A probarse ahora que estamos solas!

Las dos fueron corriendo a los espejos, y yo también. Me sentía protegida ahora y quería sentir esas telas sobre el cuerpo. Eran para una persona muy alta, así que lo lógico era que las luciera primero Luzmala, pero, siempre generosa, dijo que yo había ido hasta la casa del viejo raro, me tocaba a mí el primer premio.

Elegí un vestido rojo de manga corta, de seda y terciopelo, con un bordado intrincado de piedras violetas, azules, rojas. Años veinte, dijo Dalila, es de Paul Poiret o es una buena copia de su estilo. (Dalila estudió diseño e historia de la moda.) No hay manera de explicar cómo se siente llevar puesto un vestido maravilloso. Todo cambia. La expresión, la postura. Si el corte es regio –y este lo era– ninguna imperfección –real o percibida o impuesta por la mirada ajena– se nota. Es como dejar caer sobre el cuerpo un elixir mágico, es morder la manzana, es abrir los ojos a un mundo posible. Desprecio a la gente que no entiende la moda. No saben lo que es sentir la seda, no saben lo que es darse vuelta y mirar sobre el hombro y que nuestra cara, la de todos los días, sea otra, los labios brillantes, los ojos misteriosos, una sombra bajo el pómulo que antes no estaba allí.

Luzmala aplaudió y Dalila se tapó la boca con la mano porque le temblaban los labios.

Yo me acerqué al espejo y vi los primeros moretones. Empezaban en el brazo y se extendían lento pero seguro hasta las muñecas, donde parecían dos brazaletes púrpura. Las chicas los vieron también, pero si dijeron algo no escuché en ese momento. Me levanté el vestido y me miré en el espejo. Sobre la ropa interior, en el vientre, tenía dos tajos enormes, como de cirugías, abiertos, que no sangraban, pero, cuando me moví, asomó un órgano, quizá el intestino. Lo toqué con una fascinación inexplicable, sentí una puntada y entonces vino el dolor. De a poco, en oleadas. Levanté más y bajo el corpiño vi la saña de una herida grande y, shockeada, observé lo que no podía ser más que el corazón, exangüe, pálido, vacío de sangre. Recordé la duda de santo Tomás (yo estudié historia del arte) y me metí el dedo. Todos los órganos estaban fríos y quietos. Pero entonces el dolor me atrapó el cuello y vi el tajo y no lo soporté. Empecé a gritar. No decía nada, creo, pero se entendía el pedido: que, por favor, me lo sacaran, que yo no podía, que tenía miedo de morirme. Me lo sacaron entre las dos y, ni bien estuve desnuda frente al espejo, aunque tirada sobre el piso porque lloraba y el dolor, aunque se iba de a poco, era insoportable, noté que las heridas se retiraban. En el pecho no quedó nada: estaba la piel limpia y sana, como siempre. Los moretones se desvanecieron. El cuello, sin el corte.

—Jesús, María y José —dijo Luzmala.

Agarró el vestido de las espigas y se lo puso. No la detuvimos. En cinco minutos, cuando lo levantó para mirarse las piernas, vio decenas de cortes, uno muy profundo en el muslo, que debía haber cortado la arteria. Sus heridas eran diferentes. En el pecho, por ejemplo, tenía solo una, que le partía el esternón. Uno de sus brazos empezó a hincharse y, a diferencia de mi caso, los labios se quebraron, el ojo se cerró en un moretón negro y azul. Tampoco lo soportó, pero se lo sacó sola, lo más rápido que pudo, y se vistió enseguida con su propio vestido negro.

—¿Qué vamos a hacer? —lloró Dalila, y las tres nos abrazamos.

Quizá es con nosotras. A lo mejor no les pasa a las clientas. Eso dijo Dalila esa noche cuando nos llevó a comer a su casa. Las joyas no hacen nada, ya se las probó Luz y está bien, aunque no se las quiera poner más; también me las probé yo y no pasa nada. No sabemos a largo plazo qué puede pasar, pero ya quedamos en venderlas, mañana llamo a Esopo, son los mejores y no son chantas. Si se las prueban y no les pasa nada, mejor. Esperemos.

Las tres nos quedamos a dormir en lo de Dalila, en su casa de barrio con árboles en la vereda.

Y las tres fuimos a Isis al otro día, como siempre. Los empleados compraron y vendieron ropa, la gente revisó los racks, vendimos bien, las tres teníamos el ojo de los dioses para la ropa y Luzmala, que había estudiado contaduría pero lo suyo era el diseño, especialmente de zapatos de fiesta de talla grande, además tenía el don en las manos y en una ojeada podía acomodarte bien una prenda de corte o calce complicado; también sabía aconsejar sobre algo que a lo mejor no era muy interesante en la percha pero quedaba excelente puesto. Claro que no nos olvidamos de las heridas y yo me masajeaba tanto el cuello que Dalila, varias veces, me tuvo que decir «cortala ya». Cortala no es el mejor verbo, le retrucó Luzmala, y Dalila se tapó los ojos con sus manos de uñas cortas y prolijas.

Una chica alta, de pelo llovido y piernas delgadas pidió uno de los vestidos, de los más hermosos, que Dalila llamaba «robes de style», negro, con una capa corta de pedrería, cintura alta, falda suelta, estilo Jeanne Lanvin (todavía no se atrevía a garantizar nada sin comprobar *labels*; Dalila cambiaba del francés al inglés para hablar de moda, lo que era bastante tonto y molesto, pero también gracioso). La chica entró al vestidor, claro, no se iba a probar, como nosotras, en el espejo del salón. La música

149

estaba muy fuerte aunque yo siempre le pedía a Polcito que, por favor, la bajara, que la gente no venía a bailar, venía a comprarse ropa. Me trataba de vieja. Dalila es media sorda, así que le daba igual. Pero con Luzmala nos miramos porque escuchamos los gritos. Yo iba a salir corriendo, pero Dalila me contuvo. La chica apareció con el pelo erizado y las ojeras, que ya tenía de antes, ahora le hundían los ojos. No dijo nada. Dejó el vestido sobre el mostrador tan apurada que se cayó al suelo, y salió corriendo. Nos miramos. Había que sacar los vestidos de exhibición porque esa clienta lo iba a contar y nadie quería una leyenda negra sobre Isis, la mejor tienda vintage de Buenos Aires.

Cuando cerramos, Luzmala se encargó de los números del día, como siempre, y en otra compu Dalila miró las prendas ofrecidas. Guardó varios mails hasta que, al grito de «vengan, vengan», nos señaló un mail de Noé Seidel. Antes se había comunicado por teléfono y por mensajes de WhatsApp. Pero evidentemente sabía usar todos los canales de comunicación. Él o alguien escondido en ese enorme y, ahora me doy cuenta, horrible piso decadente.

Para: isisvintage@eshops.com
De: noé@seidelpropiedades.com.ar

¿Ya se los probaron PUTAS? Seguro porque por eso me mandaron a esa pendeja PUTA tan parecida a la PUTA de Susana, todo es original pelotudas, todo, gasté fortunas en esa ATORRANTA y después no quiso nada, despreció los regalos como a mí, yo me la fifaba como NADIE, ella gritaba como la PUTA que era, los ojos en blanco se le ponían. No, no la maté. Pero me imaginé tanto tanto tanto cómo matarla y dibujaba todo sobre los vestidos, con un cuchillo, no los rompí, no los rasgué siquiera, NO NO NO, ¡jamás! Soy delicado. Pero conozco gente. En mis negocios se conoce gente. Y todo está en esas telas, hermosas telas, telas del DOLOR que esa atorranta tendría que haber sentido, no sé por qué le pegué a ese pobre diablo si podía matarla a ella, pero siempre fui un sentimental.

Tengo más si QUIEREN.

Atorranta, pensé. La misma palabra que usaba mi abuela. Todos los viejos son siniestros. Dalila le gritó a Luzmala que llamara a la policía y Luzmala le dijo vos te creés que con ese mail es suficiente y alguien te va a creer, un viejo rico loco, te van a decir. Pero hay leyes. Qué leyes, amiga, sos tonta a veces, eh, crecer con plata hace mal. Tan parecida a la puta de Susana, pensaba yo. Algo más me guió: fui directo al vestido negro, a la capa con pedrería, al supuesto Jeanne Lanvin, y me saqué la ropa y me lo puse antes de que las chicas llegaran a tiempo y me abrí de piernas tirada en el suelo y sí, ahí estaba lo que la chica había visto, lo que el hombre quería que yo viese, la vagina destrozada, serruchada, el clítoris desaparecido, todo entre las piernas un enorme charco de sangre estancada, un coágulo, y el dolor, el dolor que subía por el vientre, y mis gritos como de parto. Me desmayé.

Al otro día, con un té y un tranquilizante, llamé a Dalila y le dije que renunciaba. Ella lloró, me pidió que trabajase remoto, que eligiera ropa, que me quedara en contacto de alguna manera. Le dije que no y le colgué para que no lograra convencerme.

Durante semanas me inspeccionaba la vagina con alivio al encontrarla normal. Durante meses menstruar se convirtió en algo traumático. Solo podía hablarlo con Luzmala, nos juntábamos a tomar café con hielo y ella me contaba cosas de Isis: una vez me dio mi parte de dinero por la venta de las joyas que, hasta donde la gente de Eso-

151

po sabía, eran todas auténticas y no causaban lo mismo que los vestidos (eso ellos no lo sabían, pero ahora nosotras sí). Era mucha plata. Comprá dólares rápido, me dijo Luzmala. Le hice caso. Ya había vuelto a dar clases de historia del arte, pero, claro, eso nunca paga bien.

En uno de los encuentros, cuando tuvimos que movernos a las mesas de adentro de nuestro café favorito porque llovía a baldazos, me contó que el viejo Noé se había muerto. Se enteraron por el diario. Y con Dalila –que me dejaba mensajes que yo no contestaba– fueron hasta el departamento. En un container, junto con los libros, había más vestidos. Joyas no, solo ropa.

Dalila tocó una manga hermosa que colgaba del container, me contó, un verde estampado de Schiaparelli –le sacó una foto para comprobarlo– y, un minuto después, cuando la soltó, tenía las manos tajeadas, los dedos tan lastimados que estaban a punto de despegarse. El pulgar izquierdo, de hecho, era un muñón.

–Se fue enseguida el efecto, por suerte. Estuve lenta, tendría que haber sacado una foto.

–Nunca sacamos fotos de las heridas.

–Vos te das cuenta. Así debe ser cuando se ve un ovni o un fantasma, después nos quejamos de que no hay fotos buenas. Ahora entiendo por qué pasa. Es el shock.

Me quedé pensando en esto y los argumentos para rebatirle la idea que tenía, pero no dije nada. La lluvia me quitaba las ganas de discutir.

–Y qué dijo cuando volvió a la normalidad. Su mano, quiero decir.

–Sabés cómo es Dalila. –Luzmala le dio un trago a su café y, con un gesto, pidió otro más–. Se quedó mirando el vestido y dijo: «Qué lástima».

–¿Los tiraron?

–Todavía no.

Como por un reflejo, me toqué el costado y recordé la herida en la piel, el corazón vacío, el pulmón como una esponja que se tira por demasiado usada.

–Pago yo –le dije a Luzmala.

LA MUJER QUE SUFRE

> Choco contra las paredes, choco contra las
> ventanas, revoloteo contra el techo, hago de todo
> menos salir volando afuera. Y me paso todo el
> tiempo pensando, como esa polilla, o esa maripo-
> sa, o lo que sea, «¡la vida es corta!, ¡la vida es corta!».
>
> KATHERINE MANSFIELD,
> *En la bahía*

*Hola amiga, entiendo que no me contestes pero aunque
sea que me deje un mensaje Claudio. ¿Cómo estás vos, cómo
está el nene? Yo sé que la quimio es una pesadilla, ay, te quiero mucho. Te sigo dejando mensajes, vos sabés que estoy.*

Había pasado días sin escucharlo porque ignoraba los
audios de número desconocido, pero siempre averiguaba
qué eran antes de borrarlos. Nunca tenía demasiados, pero,
en su trabajo, a veces guardaba el número de alguien que
podía pagarle bien en un evento. No lo hacía seguido.
Este mensaje, de todos modos, era claramente un error y
enseguida lo respondió porque sintió pena por esas amigas
separadas.

*Hola, no sé quién sos pero no soy tu amiga, te contesto
porque escuché y bueno, se ve que la situación es complicada.
Abrazo a las dos.*

De todos modos, qué raro, pensó. ¿Cómo no tenés el
teléfono de tu amiga con cáncer? Si ya no se marcan los
números. Debería estar agendada. No recordaba haberle
dado su número a nadie en el trabajo las últimas semanas.
Con las ocho horas de maquillar siempre quedaba cansada,
y aunque un freelo le venía bien por el dinero, casi siem-

155

pre se arrepentía de hacerlos. Podía pagar el alquiler y vivía sola, una especie de milagro a su edad.

Subió con la maleta por el ascensor. Las otras chicas solían dejar los productos en el canal, pero ella no confiaba y tenía miedo de que se los robaran. Además, no era amiga de ninguna. No le gustaban sus charlas tontas y le caía especialmente mal Liliana, la líder, que solía comer pollo al spiedo con la mano, se limpiaba con servilletas de papel y así, sin lavarse, maquillaba a los demás. Entre el perfume y el olor de los productos, el aroma del pollo quedaba en un segundo plano, pero ella lo notaba y le daba náuseas. Más de una vez pensó en decírselo a alguien, pero en el canal no había jefes confiables y tampoco le importaba tanto. Ella hacía su trabajo y se iba, estaba bien así.

Dejó el teléfono sobre la mesa, encendió la computadora y, cuando pensaba si hacerse la comida o pedir delivery, entró un mensaje. Debía ser su madre o su hermana, que solían hablarle a esa hora. Pero era el mismo número de antes. Seguramente una disculpa y el reconocimiento del error.

Hola soy yo otra vez, no quiero ser molesta pero lo que necesites vos sabés, no sé, miramos pelis juntas, te cuido el nene, lo que sea. Amiga espero que no la estés pasando muy mal te quiero.

¿No había escuchado su respuesta? Imposible saberlo porque la persona usaba el sistema de aparecer offline, de modo que los mensajes escuchados o leídos no aparecían con la confirmación de dos tildes celestes. Llamó: era deprimente tener mensajes compungidos de la amiga de una enferma en el teléfono. Nadie le atendió la llamada. Probó de vuelta, esta vez por la línea. El resultado fue aún más raro. «El número no corresponde a un abonado en servicio», le dijo una máquina.

156

Apoyó el teléfono sobre la mesa como si estuviese sucio. ¿Qué tipo de cáncer tendría la mujer? Debía ser joven. La amiga lo era y la enferma tenía un hijo chico, porque había que cuidarlo. ¿Tendría metástasis? ¿Cuáles eran los cánceres sin metástasis? El de tiroides. ¿Alguno más? Tenía que buscar información. ¿Por qué creía que era cáncer? Porque había dicho «quimio». La quimioterapia solo era para cáncer.

No quería quedarse sola en el departamento, así que bajó a comer a la parrilla. Dejó el teléfono en casa para evitar buscar síntomas y también para estar lejos de esa voz amorosa pero con un dejo de pena que, se dio cuenta, desvelaba lo mal que estaba la otra, la enferma.

Luismi, el hijo del dueño, la recibió con una sonrisa y le trajo un vaso de vino tinto. Cuando volvió con media provoleta, la carne y el puré, se sentó a la mesa como hacía siempre si ella comía sola. Sin demasiadas vueltas, ella le contó sobre los mensajes y le dijo la verdad: la ponían nerviosa. Y no entendía del todo lo que pasaba. Le resultaba una equivocación imposible.

–Nena, bloqueala. Es una loca que te está jodiendo.

–No creo, te juro que si la escuchás te das cuenta de que está repreocupada.

Luismi resopló.

–Para ser tan viva, sos bastante ingenua vos, che. Mirá, te cuento una. Acá circula mucho nuestro teléfono por los pedidos y viste que ahora los números están en internet, para mí es un desastre, pero ponele. Me llegan cadenas de mensajes todo el tiempo. Yo los borro. Mucho pedido de guita, cadena de oración, mandale este mail a cinco pelotudos, si no vas a tener mala suerte, esas cosas. Pero en una casi caigo. Algún hijo de su madre mandó una cadena para una pibita que tenía una enfermedad en la piel. No me acuerdo el

157

nombre entero, pero algo con gangrena. Las fotos, no sabés. Tenía agujeros por todos lados. Llagas. No me la olvido más. La miré mucho, encima, no sé por qué, me dio morbo. No tenía un número para mandar guita, nada. Había un link de Instagram. ¿Y podés creer? Creeme porque es verdad. Te mandaba a una historia donde aparecía un muñeco que se te cagaba de risa y decía «esto era una prueba para ver cómo te llevás con la seguridad online» o algo así. Pero para mí era un sorete que hacía eso por joder. No sé de dónde sacó esas fotos, ojalá sean trucadas. Bloqueá el número.

—¿Vos decís?

—Yo digo. Está lleno de enfermos mentales.

—¿Tenés las fotos?

—No seas enferma.

—Mostrame.

—Terminá de comer.

Le hizo caso. Antes de irse a dormir, un poco borracha porque se había quedado charlando con él después de que cerrara la cocina, bloqueó el número. Tenía franco al día siguiente, así que podía dormir hasta tarde.

La despertó el timbre: era su hermana, que necesitaba ayuda para enhebrar piedras y canutillos de los collares que vendía, porque no llegaba a tiempo con los pedidos. Le contó sobre los mensajes. Es que tenían una textura tan real. No podía describirlos de otra manera. La voz no parecía la de una persona haciendo un chiste macabro. No se lo dijo, pero le resultaba más concreta que su propia hermana concentrada en el hilo y los cristalitos de Murano. Venía de un lugar más palpable que su departamento en un edificio pequeño, con un balcón tan mínimo que no permitía ni una maceta. Le cebó mate a su hermana, que la escuchaba atenta mientras se ocupaba de separar piedras de distintos colores. Los collares de su hermana eran muy lindos, elegía bien y trabajaba los dijes con un orfebre medio loco pero talentoso.

–¿Qué sería esa gangrena de las fotos?

–Me estás cambiando de tema. No te obsesiones. Sabés lo que te pasa cuando tenés una idea fija. ¿Te parece bloquearla? Llamala de vuelta.

–¡Me acabás de decir que no me obsesione!

–Tenés razón. Es que me da lástima.

–A mí también.

Cuando su hermana se concentró en limpiar algunos cristales manchados, hizo una búsqueda rápida fingiendo que miraba mensajes. Encontró solo imágenes de gangrena clásica, no en niños. ¿Se estaba poniendo hipocondríaca? Algo le pasaba. Quizá eran los líquidos de limpieza que usaba su hermana, pero sentía un fuerte olor a desinfectante, como el de los hospitales. Y también el aroma de la comida para enfermos, el zapallo hervido, el pollo reseco, ese tufo que se levantaba cuando traían la bandeja. No había conocido a tanta gente enferma en su vida: su padre cuando ellas eran chicas, pero se había recuperado. No muchos más. Y sin embargo ahora tenía esa internación de años atrás tan presente, las esperas, el suero goteando, la cama incómoda, los gemidos de dolor del vecino de habitación que había tenido un neumotórax.

–¿Te acordás del señor que era vecino del cuarto de papá cuando se puso el *stent*?

Su hermana se bajó los anteojos para mirarla.

–Sí, más o menos. Lo habían acuchillado al pobre. ¿Qué te pasa?

–Nada. Me acordaba nomás. ¿Hace mucho que no hablás con papá?

–La semana pasada me llamó, dice que no se puede vivir en Montevideo en invierno, que hace un frío de cagarse.

159

–Es verdad, cuando lo fui a visitar era de locos el viento, la gente cruzaba la plaza con una cuerda que atan de las estatuas.

–Tengo ganas de ir a verlo, pero demasiado laburo, y él anda pobre, no puede pagar un pasaje. ¿Arreglaste el baño?

–Sí, y aparte qué, ¿ibas a ir a la parrilla porque chorreaba un poco?

–¡Soy capaz!

Mientras su hermana estaba en el baño, googleó gangrena + infantil. Nada. ¿Luismi lo había inventado?

Su hermana volvió y se puso los anteojos.

–Siempre me da miedo tu espejo cuando dejás la puerta abierta del ropero. Vi mi reflejo y me pareció el de un tipo medio encogido que se pasaba las manos por la cara, pero era yo que te saqué un poco de la crema espectacular esa de Lauder.

Ella se mordió los labios antes de abrir la boca y cuando despidió a su hermana trató de disimular cierto apuro.

Sentada sobre la tapa del inodoro, con el palo de secador de piso, podía mover el espejo o, más bien, la puerta del ropero que, del lado de adentro, tenía el espejo. Ella lo llamaba irónicamente «mi vestidor». En casi todo el ángulo, el espejo reflejaba el baño, luego la abertura sin puerta que daba al living y, casi en el extremo de la abertura, aparecía el hombre. No estaba quieto, pero tampoco se movía demasiado. Tenía la cara entre las manos e, indudablemente, a su cuerpo lo sacudía el llanto. Era alto, llevaba puestos jeans y, creía, estaba descalzo. Usaba sweater, lo que resultaba extraño porque recién empezaba diciembre y en Buenos Aires era un mes sofocante. Más que el hombre llorando sin parar, porque no hacía otra cosa, le llamaba la atención lo que había a su alrededor. Un ventanal que daba a un patio: podía ver plantas y, en la pared, una enredadera. Eso detrás de él. A su costado, la punta de una biblioteca blanca: alcanzaba a ver algunos libros, pero sobre todo muñecos; parecían funkos. Y una planta de interior de esas que a ella siempre se le morían. No era su casa lo que reflejaba el espejo. Le daba tranquilidad porque el fantasma que lloraba mudo no estaba ahí, es decir, estaba en el reflejo y ni siquiera en todo el reflejo. Y estaba congelado en un instante. Lo miró durante casi diez minutos y seguía llorando con las manos sobre la cara, nada más, no se las pasaba por el pelo, ni se secaba las mejillas ni se restregaba los ojos. No tenía canas, era joven. Cerró la puerta espejo con el palo, se secó el sudor y la volvió a abrir. Lo mismo: el baño, su living y, al final, hasta donde alcanzaba a abrirse la puerta, el hombre joven llorando en otra casa. En general, ese ángulo, si reflejaba su departamento, debería mostrarle el televisor y un póster de Kate Moss.

Esa noche apenas durmió, pero al día siguiente fue a trabajar igual. Lo mismo de siempre, al principio. Preparar la piel, sugerir esfumado, decir que sí cuando pedían natural, aplicar cafeína en las bolsas y murmurar tenés la piel bárbara aunque no fuese cierto, dibujar los labios, hidratarlos antes del color (sugerir que nunca nude), preguntar si se bancaban el rizador de pestañas, no cierres, mirá arriba, mirá abajo, ¿usás postizas? Reconoció a una de las chicas que le había pedido su teléfono, de las más jóvenes, conductora del noticiero de la tarde, y le preguntó si ella la había llamado. La chica le dijo que no, que al final no había ido al casamiento porque se enfermó. Y le pidió que, por favor, hiciera todo lo que fuera necesario para sacarle las ojeras porque parecía una moribunda.

Una moribunda. Le puso patches coreanos que una amiga le había traído de Estados Unidos y se los dejó cinco minutos, mientras la chica revisaba el guión del programa que grabaría en unas horas. Mientras esperaba el efecto de los patches (dudoso, pero a la gente le parecía que servían, para ella era sugestión) vio en el brazo de la chica una llaga pequeña, como una quemadura de cigarrillo. En la tele había muchas chicas que se lastimaban y costaba horrores taparles las cicatrices de los brazos y las ojeras de no comer. Pero no le pidió maquillaje sobre la herida y ella no se lo sugirió: le dio pudor. Y algo más. Porque cuando le sacó los patches se dio cuenta de que tenía otra llaguita, cerca del nacimiento del pelo. No le dijo nada, pero se la cubrió con base.

–¿Te parece que necesito ahí?

¿Acaso no se la veía?

–Un poquito nada más, estaba desparejo.

Pensó en quedarse a ver si volvía más tarde para que le tapara la lastimadura del brazo. O si salía al aire así, con la llaga.

No te obsesiones, escuchó la voz de su hermana. Liliana pasó riéndose, contando algún chisme de los jefes degenerados. Esperó a la siguiente paciente (así les decía, pacientes, porque estar en la silla de maquillaje era un poco como sentarse en el dentista. Le dio un suave escalofrío). La mujer estaba embarazada, creía, así que le hizo un maquillaje poco cargado. No mencionó su estado, sin embargo, y eso que las mujeres embarazadas siempre hablaban de sus panzas. Era un día raro. Hacía frío por el aire acondicionado. Se fue cinco minutos antes de que terminara su turno y Liliana murmuró: «Esta ya ni saluda».

Agotada, subió la valija por la escalera. Jadeaba como si ella misma fuese la moribunda: alguien tenía detenido el ascensor. Golpeó un poco la puerta de hierro, que era bastante ruidosa, pero no hubo caso. Mientras buscaba la llave en la cartera, escuchó que el ascensor se movía y, enseguida, un fragmento de conversación de quien lo estaba usando, o quienes, porque creyó escuchar dos voces.

No sabía que te hinchabas así, no me lo esperaba parece embarazada de vuelta.

Es un horror y que ya sean paliativos.

Y ahí las voces se interrumpían por el ruido de la puerta del ascensor. No podía ser casualidad. Dejó la valija en la escalera y bajó corriendo. En el palier no había nadie y cuando salió a la vereda había demasiada gente: su calle tenía negocios, varios restoranes y cafés; a esa hora especialmente, alrededor de las ocho de la noche, siempre había mucho movimiento. No podía parar y preguntarle a cada mujer. Volvió resignada, pero solo para entrar la valija: en el departamento no se iba el olor a desinfectante. No le gustaba el incienso, pero encendió un palillo y bajó a comprarse comida. No quería quedarse a cenar en la parrilla porque iba a hablar del hombre llorando en el espejo. Cuando Luismi le dio la milanesa napolitana con su ensalada, le preguntó:

–¿Qué era la gangrena esa?

–¿De qué me hablás? Sos loca.

–La de la pibita que te llegó por teléfono.

–No me acuerdo.

–Pensá.

Luismi resopló.

–¿Querés que vaya a tu casa más tarde, después de cerrar?

–No, estoy reventada.

–No me acuerdo, en serio.

–Bueno, mandame mensaje.

–Vos también mandame alguna vez, que te extraño.

–No me mientas. Dame un beso.

Del otro lado de la puerta del departamento encontró una nota. Era breve y amable, pero era un disparate. La leyó mientras abría la caja de cartón con su milanesa. «Por favor», decía la nota, «sabemos que necesita mirar televisión a la noche, pero a veces está demasiado fuerte y no se puede dormir. La vecina del 5C.»

Ella, cuando miraba alguna película de noche, lo hacía con auriculares. Una costumbre de insomne para no molestar al otro cuando todavía vivía con su madre y su hermana, o cuando se quedaba a dormir Luismi. Y, más importante, el edificio tenía dos departamentos por piso. El suyo era el 6B. No había unidades C. Eran solo dos. El A era el más grande, el B el de una habitación. Ocho pisos, dos departamentos por piso. Estaba muy segura. El celular vibró sobre la mesa y supo que era otra vez el número bloqueado, que había logrado cruzar océanos técnicos, inútiles para detenerlo. Pero era Luismi.

Encontré el mensaje. Era piodermia gangrenosa. ¿Te sirve? Y un emoji de beso.

Como no iba a poder comer, guardó la milanesa en la heladera y se sentó en el sillón, en la semioscuridad, con el teléfono, para buscar qué cáncer hinchaba el vientre. Y desde algún lado, la habitación o el baño, le llegó un alarido de dolor y de miedo. No aguanto más, decía la voz, no quiero hablar con nadie, decía la voz, llevátelo, decía. Miró el televisor apagado que hacía de espejo y la vio. Vio su silueta, pero también algunos rasgos. Parecía embarazada y estaba demasiado delgada. Y, obviamente, calva. De repente la figura se dobló sobre sí misma y pensó es lo que hacen los fantasmas, movimientos raros, pero nada de eso.

La mujer que sufría vomitó y, cuando el olor a medicamentos y bilis le llegó a la nariz, no pudo aguantar más y se puso de pie sin saber por qué ni para qué, y entonces su departamento volvió a ser el mismo.

Nadie había vivido ahí antes. Era un edificio a estrenar cuando lo alquiló. No era una situación cementerio indio, algo que había sido construido sobre, por ejemplo, un hospital. Antes, en ese predio, había una casa de venta de pastas y se empezaron a hacer edificios, clásico de gentrificación. No iba a encontrar fotos de la familia que vivía antes en esa casa. Nada de eso. Encendió todas las luces y se acostó. No sabía qué más hacer. El olor a vómito se había ido. Tenía hambre. Pero si comía y ella misma vomitaba, iba a morirse de miedo, así que abrió la computadora sobre la cama y empezó a buscar. Vientre hinchado, vientre hinchado. Tantas cosas podían ser vientre hinchado. Cáncer más vientre hinchado.

«La ascitis es un exceso de acumulación de líquido en el vientre (abdomen) debido a la presión de los tumores. Esto puede provocar que el abdomen se sienta duro e hinchado. La ascitis también puede causar náuseas, vómitos y cansancio.»

Sí, por acá, por acá.

«¿Qué tipo de cáncer provoca ascitis?

»Los carcinomas de ovario, mama, endometrio, colon, estómago, páncreas y bronquios tienen una alta incidencia de ascitis.»

Ella tenía un hijo, la mujer que sufría. Pero eso qué tenía que ver. Podía ser cualquiera. Igual: los tres primeros eran cánceres de mujeres. Por eso lo había pensado, lo del niño y el vientre hinchado. El cáncer que la hacía parecer embarazada. Volvió al inodoro y al palo, para ver si el que suponía era el marido seguía ahí. Pero no. Estaba la mujer

165

que sufría, del otro lado de la ventana. Era de día en el mundo de la mujer con cáncer. Sentada en un sillón de mimbre precioso. Era rica o de clase media alta. Una enfermera le ponía el suero y ella decía ay. Y eso se repetía. Como con su marido. Quién sabe cómo había sido su cara. La nariz era larga, pero quizá porque estaba horriblemente delgada. Tenía un cable dentro de la nariz larga por donde seguramente la alimentaban. El sol pegaba en el espejo y desdibujaba a la mujer. ¿Tendría su edad? La imagen estaba un poco lejos, era difícil de saber, sobre todo sin pelo, lucía la cabeza rapada sin pañuelo, tampoco tenía cejas. Quizá era un poco más grande. Más de treinta. Ella estaba cerca de los treinta. Ella también se podía morir. ¿Cuáles eran los síntomas del cáncer de ovario?

«Los signos y síntomas del cáncer de ovario pueden incluir los siguientes:

»Hinchazón o inflamación abdominal.

»Sensación de saciedad rápida al comer.

»Pérdida de peso.

»Molestia en la zona pélvica.

»Fatiga.

»Dolor de espalda.

»Cambios en los hábitos intestinales, como estreñimiento.

»Necesidad frecuente de orinar.»

Según la Clínica Mayo, no tenía cáncer de ovario aún, ni siquiera le dolía la espalda porque maquillaba sentada la mayor parte del tiempo. Sos reperezosa, le decía su jefa, la del pollo, y ella pensaba: al menos no soy roñosa y resentida.

Movió un poco más el espejo a ver si era capaz de dar con algo más. Solamente una planta hermosa de flores color bordó. Y entonces la mujer con cáncer movió la cabeza y no la vio, no fue eso, pero el reflejo del sol en el espejo le

166

dio en la cara y reaccionó como si fuese una hormiga bajo la lupa, como si desde otro mundo un gigante quisiera incendiarla, y trató de correrse. Cuando lo hizo, el grito de dolor llenó las dos casas, la del espejo y la del departamento. Y después la imagen desapareció.

Toda la noche estuvo atenta a la casa y a su cuerpo. Cada dolor pequeño: qué pasaba si algún día esas hinchazones que le atribuía a comer mal se convertían en algo malo, y entonces su madre a cuidarla, y su hermana a hacerle pulseritas y Luismi nada, no quería a Luismi, él solo le conocía su cuerpo hermoso, no quería que oliera su cuerpo enfermo. Hacía unos años se había caído en el gimnasio y se había dado contra uno de los aparatos en una teta. Tuvo un moretón y no podía olvidarse de que su hermana le había dicho andá a la ginecóloga a ver si te lastimaste algo. Un moretón no podía convertirse en cáncer, creía ella. Se tocó las axilas, estirada en la cama, los brazos al lado del cuerpo para relajarlos. No notaba nada raro. Pero podía comenzar con un lunar. O estar demasiado profundo. Recordaba una película sobre un hombre al que no diagnosticaban de cáncer porque sus síntomas eran muy imprecisos. Uno de ellos era que le ardían los pies. Eso le pasaba: le picaban más bien. Y no tenía honguitos ni nada. La mala circulación por estar mucho sentada, le había dicho su madre, pero, pensaba, debía consultar con un médico. Por eso y por el golpe en el gimnasio. ¿Qué había hecho en su vida, además? Maquillar mujeres en un canal del Estado. Maquillarlas bastante mal, encima, porque, aunque le gustaba su trabajo, era perezosa, como le decía Liliana, y no se actualizaba. ¡Si ni sabía cuáles eran los mejores productos nuevos para la piel! Sus compañeras hablaban de

167

Matrixyl y Haus y ella las ignoraba. Tampoco tenía alguien que la quisiera. Tenía que volver a ponerse en contacto con algunas de sus compañeras de secundaria. Glenda, por ejemplo, con la que se escapaban a fumar. O Laura, a quien habían encontrado en la calle y ahora tenía un taller de pintura y estaba hermosa, el pelo como una leona. ¿Por qué se había alejado de ellas? Pura pereza, pura pereza. El mismo motivo por el que cada vez invitaba menos a dormir a Luismi y sabía que él tenía otras chicas, aunque ella fuese su favorita. ¿Por cuánto tiempo iba a serlo? El tiempo, esa monstruosidad aplastante. El tiempo, lo único que no se podía parar y que ni siquiera se sentía. Y ella escuchando sola en la oscuridad cómo, en la cocina, gemía la mujer, decía: dejá, me arreglo sola, decía: ojalá pudiese volver a comer, me muero por un sándwich de jamón, qué tonta, o jamón crudo en un plato, fetas y fetas, y el murmullo de él mintiéndole, diciendo que ya vas a comer de vuelta, y se tapó los oídos para no oír la respuesta y su furia.

Estaba tan cansada que fue al canal en taxi. No había dormido nada y le dolía la cabeza porque había pasado mucho tiempo en internet, primero buscando síntomas y ya en la madrugada en foros, viendo los posteos de mujeres enfermas, de sus amigas, de su familia, y preguntándose si alguna era la mujer que sufría. O si ya estaba muerta y era un fantasma. O si estaba compartiendo la casa, porque eso pasaba cuando morir era algo cercano. Algunas mujeres hablaban de experiencias imposibles de explicar cuando perdían el conocimiento, por ejemplo. Aparecían en otra habitación y después les parecía que volvían a despertarse y estaban en sus camas. Sueño lúcido, decían otras, pero estaba claro que no convencían a nadie. Todas las parejas sentían a las muertas. Las escuchaban bañarse y reír, pero sobre todo gritar de dolor. No entró al foro de hombres con cáncer, no era lo mismo. Quería saber sobre esos chicos huérfanos. Todavía el chico no había hecho una aparición en su casa. A lo mejor no estaba ahí. La mujer que sufría tenía enfermeros en su casa. Seguramente tendría padres ricos, o él los tendría, que cuidaban de la criatura para que no la viese morir. No me contagies, pensó. Mi vida es chiquita.

Maquillar tan cansada, con los ojos que se le cerraban, era una locura. A una mujer le tuvo que corregir el ojo un rato tan largo que se formó una cola. A dos les manchó los dientes con rouge. Y a una tercera, más grave, le hizo doler con el rizador. La gente le tenía miedo al rizador y esta mujer era un poco hippie –yo no me pinto nunca–, pero dio un respingo y se quejó, y eso atrajo a Liliana, que sin demasiado trámite la mandó a su casa. Me podés pedir el día, sabés, si estás cansada o enferma, acá no pasa nada ni nos controlan. Por qué estaría generosa de repente Liliana, se preguntó. Te debés estar por agarrar una gripe, con este frío. Andá y si mañana seguís mal, avisá.

Si la llamaba a Laura, a lo mejor podía estudiar arte, pensó mientras esperaba el colectivo con la dichosa valija. Ella alguna idea de colores tenía y la divertía mucho jugar con los brillos y los maquillajes más teatrales. Si no había estudiado antes era porque necesitaba trabajar rápido y después la pereza de siempre y dejarlo para dentro de unos años, era joven. Pero ser joven no significaba nada, se daba cuenta. Ser joven era un instante, como estar atrapado llorando en un espejo.

Ni bien se tapó con el edredón se quedó dormida, calentita, segura. La casa olía al incienso frutal que había quemado el día anterior. Un olor cítrico, el del verano y el de las cosas limpias.

Podía seguir durmiendo para siempre tan abrigada, afuera ya era de noche, podía seguir y llamar al canal para tomarse el día, pero tenía que ir al baño, qué cosa mal hecha el cuerpo, tener que interrumpir un sueño sin sueños para mear. Giró en la cama para alcanzar la lámpara, que tenía en un solo lado de la cama, el que usaba para leer antes de dormir, y algo la interrumpió. Se separó de un salto para sentarse. ¿Era Luismi? ¿Su hermana? Tanteó en la oscuridad. No conocía ese cuerpo flaco. Tocó los brazos. ¿Por qué no se despertaba la persona que estaba a su lado? Siguió hasta el vientre. La piel no estaba tirante: era como un globo lleno de agua, como una bolsa de basura con líquido dentro. Se dio cuenta. Era la mujer que sufría. Estaba en su cama. O no, en realidad. Ella estaba soñando. Como en los sueños lúcidos sobre los que había leído. Retiró la mano con cuidado, pero la sintió afiebrada. Es que la piel gomosa estaba caliente no solo por el edredón: ese cuerpo tenía la temperatura muy alta. Salió de la cama temblando. No sabía si era un sueño, ya no lo parecía, pero quería verla. Cuando encendió la luz, el cuerpo de la mujer desapareció. Alcanzó a vislumbrar, sin embargo, por un segundo, los ojos aterrados de la mujer que sufría, el vientre enorme como si llevara cuatrillizos, la piel estirada sobre los pómulos.

Se bañó antes de irse. No podía volver a esa cama: el edredón y las sábanas transpiradas por el calor ya no le resultaban acogedoras, eran un ataúd ardiente. Se lavó bien las manos. ¿La mujer que sufría la había tocado mientras dormía? Creía que no. Hasta ahora no podían moverse cuando los veía. Ahora mismo había estado quieta incluso cuando le quitó las mantas y tuvo ese resplandor de su cuerpo bajo una remera blanca.

Trató de no mirar el colchón mientras llenaba de ropa un bolso. Estaba muy tranquila, se daba cuenta. Pero cuando escuchó un ronquido o quizá una respiración muy esforzada, salió del cuarto a los tropezones, con el bolso abierto, sin mirar atrás. La computadora la había dejado sobre la mesa: la metió dentro de la valija de trabajo. También se llevó el dinero y sus botas rojas, que estaban en el medio del living.

Afuera la calle era la misma y eso la alivió. No se sentía real del todo, pero lo suficiente. Se pintó los labios aunque no le gustaba maquillarse con el calor: necesitaba color y el sabor de algo que no se sintiera como medicación, algo hermoso y suave y pegajoso. Le mandó un mensaje a Luismi: «Me voy a quedar unos días en lo de mi vieja, llamame al fijo allá, después te cuento». De la casa de su madre tenía llave, así que no se preocupó en llamar.

La calle estaba vacía. Apoyó la valija y el bolso en la vereda. Tensó el brazo, lo levantó y arrojó el teléfono al medio de la calle con la fuerza de la adolescencia, la fuerza de cuando jugaba al volley, cuando tiraba piedras sobre la superficie del agua, cuando intentó, sin suerte, jugar al tenis. El teléfono se estrelló contra el asfalto. No era un modelo caro, que eran más difíciles de romper. Vio cómo se desarmaba y esperó a que pasara el primer colectivo de la madrugada, que terminó de arruinarlo cuando lo atropelló con todo el peso de sus ruedas. Recién entonces salió caminando hacia lo de su madre, que vivía cerca. La valija tenía ruedas y ella necesitaba aire. La mujer que sufría iba a morir pronto. Solamente tenía que esperar su partida para volver a casa. Tenía que dejarla sola.

Ella tampoco hubiese querido morir cerca de una intrusa.

CEMENTERIO DE HELADERAS

It may seem that a tree is not a tree but a sign-post to another realm, a spectral thing full of strange suggestion.

THOMAS LIGOTTI,
Songs of a Dead Dreamer

Nunca tuvimos un problema especial con él, ni siquiera nos caía mal, no nos daba placer molestarlo, solo fue un momento de desesperación, cruel, debo admitir, pero tan poco premeditado que resulta curioso cuánto nos perturba más de treinta años después. Le dije esto a Daniel, palabras más, palabras menos, en nuestra conversación telefónica cuando supimos la noticia (estábamos en contacto sobre todo por chat y audios, pero esta decisión exigía la palabra dicha y respondida) y me contestó que yo siempre había negado nuestro crimen y, en consecuencia, sin tratamiento o apoyo de algún tipo, me había transformado en un ser insensible, frío, despegado del pasado.

Daniel, vos pretendés que le cuente a un terapeuta lo que hicimos.

No. Daniel suspiró. Es muy de suspirar. Podés, por ejemplo, decirle a un psicólogo que tenés ese sueño recurrente o esa fantasía con uno de tus hijos.

La fantasía con mi único hijo la tengo, es cierto. Pero Daniel, que me acusa de tempánica y glacial, no sabe nada sobre mis pesadillas porque no me interesa que lo sepa. Él

173

solo fue un compañero esa tarde y bien cobarde, porque nunca dijo: Clarisa, no, no cierres. Él no sabe que lo veo. En la plaza, sentado en una hamaca, una momia seca como debe estar ahora, aún con la remera a rayas y los shorts azules. No sabe que una vez, en el banco, una compañera llegó llorando, la rodeamos para preguntarle: qué te pasa, qué te pasa, y nos contó que, recién llegada de las vacaciones, había encontrado muerto a su gato. Sí, tenía agua y comida, los amigos cuidadores no lo habían abandonado, quizá un golpe de calor. En cualquier caso, como llegaba tarde al trabajo y no sabía qué hacer, lo metió en el freezer. Y ahora lloraba por su gatito muerto, pero también porque, pensaba, despegarlo del hielo iba a ser muy difícil y recordaba las escarchas del alba en Neuquén, donde había nacido, y cómo su padre despegaba ropa y el ruido que hacía, ruido a algo rígido y sin vida. Alguien aconsejó que le tirara agua caliente primero y yo no pude soportarlo y tuve que ir al baño a vomitar y llorar y ahogar los gritos con un montón de papel higiénico en la boca, una bola que apreté tanto y con tanta fuerza que, horas después, seguía encontrando restos entre los dientes. Daniel no sabe eso porque su superioridad moral es tan estúpida como cuando era chico. En realidad, esa tarde la víctima debería haber sido él, pero, claro, no sabíamos que alguien sería una víctima. Es fácil llamar a lo que hicimos un accidente si olvidamos nuestra actuación posterior, las mentiras, el silencio.

El cementerio de heladeras está aún justo al lado de la fábrica cerrada en los años setenta, la misma que las producía. No sé –y no creo que nadie sepa– por qué las sacaron afuera, al enorme predio al aire libre que se usaba como estacionamiento de camiones, autos y máquinas. A la fábrica, de la empresa Fortuna (otra ironía), le pasó lo mismo que a muchas en esa época: la decisión del gobierno de facto era desalentar la producción nacional. Muchos de los obreros e ingenieros vivían en el barrio. Que yo recuerde, no hubo suicidios ni nada parecido, pero sí mudanzas, violencia (dentro de las casas: no estaba permitido manifestar) y un malhumor helado que ensombrecía hasta el mejor de los veranos suburbanos. A la fábrica le decían La Bombonería porque su cúpula era una circunferencia coronada por una esfera de cemento, y parecía una bombonera o azucarera gigante. Todavía está en pie porque algunos organismos de derechos humanos creyeron que había sido un centro de detención, pero la noticia, y lo que precipitó el llamado de Daniel y nuestra decisión, era que, después de décadas de investigación, la conclusión fue que su función no había sido de centro de detención clandestino, sino de acopio de armas o algo por el estilo. Sí, el ejército la había tomado, pero no como lugar para tener prisioneros. De modo que el sueño húmedo de los desarrolladores inmobiliarios se cumplía: el barrio era y es un lugar bastante feo para pensar en departamentos o algún complejo habitacional privado (¿quién querría vivir ahí, en esa desolación de fábricas abandonadas y negocios de automóviles y talleres mecánicos?), pero podía ser un buen centro comercial, que el barrio nunca tuvo. O un parking: la gente siempre tiene que estacionar. Iban a derrumbar todo y, al fin, sacar las heladeras, cientos de aparatos inservibles blancos y beige de todos los tamaños, ordenados en filas, como un laberinto de soldados muertos.

Teníamos que volver y encontrar la heladera donde habíamos encerrado a Gustavo. Yo la recordaba en detalle, pero iba a ser difícil dar con ella en un mar de óxido y pasto crecido con la bombonera amenazante como una trampa de dulces envenenados coronando la devastación.

Lo que quise decirle a Daniel y que él no entendió es que con un propósito las acciones tienen un sentido que las justifica. No hubo intención en lo que le sucedió a Gustavo. Ninguna. Siempre jugábamos en el cementerio de heladeras, pero no eran juegos macabros; eran de, digamos, destreza. A mí me encantaba la educación física y los chicos, todos, no solo Daniel y Gustavo, jugaban al fútbol. Así que la cuestión era trepar sobre las heladeras, saltar de una a otra, gritar cuando perdíamos el equilibrio, tratar de no lastimarnos porque muchas ya estaban oxidadas por la lluvia y ninguno de nosotros se había dado la vacuna antitetánica. Los grupos de chicos que jugaban ahí eran aleatorios, y yo podía ir con Gustavo y Daniel o con mi hermana y sus amigos más grandes o con otros vecinos. No teníamos una plaza o un parque cerca. Había uno al que nos llevaban especialmente de vez en cuando a unos veinte kilómetros, con juegos y hasta con una pileta pública. Cómo es posible, me pregunta la gente hoy. Bueno, el conurbano es así. Creció, sencillamente. Nadie lo planeó. Nadie dijo: hagamos una plaza para los chicos. Sí en el centro, pero nosotros no vivíamos en el centro. Algunos vecinos tenían lindos fondos, con hamacas y hasta toboganes que podíamos usar de plazas, y muchos lo hacían, pero igual las heladeras nos atraían. Eran infinitas. Eran peligrosas. Por supuesto, sabíamos las historias que se contaban y sí que nos daban miedo. Una leyenda especialmente, porque eso era: busqué esa noticia de puro morbo. Jamás encontré nada. Un hombre, decían, llegó al cementerio de heladeras con su hijo en brazos, un chico

176

de seis años, degollado. Un sereno lo encontró y el hombre dijo que venía a enterrarlo. El cuerpo del chico tenía mutilada la mano derecha: el padre, se contaba, le había cortado todos los dedos, que guardaba en el bolsillo de su campera.

Una cosa así, incluso en esa época, hubiese aparecido en los diarios. Yo casi nunca hablaba del cementerio de heladeras, pero le pregunté sobre esta historia a mi mamá cuando se estaba muriendo, muy lúcida, como siempre, en el Policlínico Bancario (mi familia siempre trabajó en bancos, una especie de desgracia con buen sueldo en nuestro país). Me dijo que, creía, eso era mentira. Otras cosas no. Y me miró fijo, como lo hacía ella con sus ojos oscuros antes de preguntarme si alguna vez yo había jugado ahí.

Todos jugábamos ahí, le dije.

Vos sabés lo que quiero decir.

No, no sé. Estás delirando.

Sabés hacerte la tonta, como tu padre.

Hay que sobrevivir, mamá. No me jodas.

Esa historia del padre y el hijo no era cierta, pero otras sí, como dijo mi madre esa tarde en su cama, el vientre hinchado y las piernas delgadas, cuando me dejó claro que, al menos, ella algo sospechaba. Con la crisis, alguna gente abandonaba sus mascotas dentro de las heladeras. Por qué no soltarlas, me preguntaba. Quizá para que no volvieran. Para olvidarse. Yo sé que la heladera me ayudó a olvidar, como si el recuerdo también quedase congelado, aunque, por supuesto, los aparatos no dan frío: en eso son parecidos a los ataúdes. Los ataúdes también son una caja donde se encierra lo que debemos olvidar para seguir adelante. Otro mito era el de los desaparecidos, entre otras cosas, porque los investigadores de derechos humanos abrieron todas las heladeras, o eso afirmaban. Recuerdo que cuando nos enteramos de esa pesquisa con Daniel hablamos horas: por lógica, deberían haber encontrado a Gustavo. ¿Buscaron mal? ¿Era mentira? ¿Alguien más ya se había llevado a Gustavo? Lo cierto es que no fuimos a comprobar si nuestro compañero de juegos estaba ahí (no le puedo decir amigo, porque no era un amigo). También decían que las heladeras se usaban para esconder abortos, otra tontería, porque de un aborto se ocupa el inodoro o la enfermera o el enfermero o el carnicero de turno que te toque (al menos así era en la ilegalidad y antes de las pastillas). En realidad, el cementerio de heladeras lo usaban sobre todo personas sin casa que dormían dentro o entre los aparatos. El lugar, incluso entonces, siempre estaba lleno de colchones, botellas, cigarrillos. También se usaba para ritos umbanda: mi hermana una vez volvió espantada y excitada porque se cayó arriba de una gallina muerta. Sí es cierto, y hasta hoy sucede, que algunas veces un chico se queda encerrado y no puede salir y se muere. Claro, cuesta encontrarlo al principio, pero se sabe que las heladeras suelen ser destino final para criaturas de cinco o cuatro años que no pueden volver a abrir la puerta por sí solas o se quedan encerradas y nadie escucha sus pedidos de auxilio. Lo que nos pasó a nosotros fue pura mala suerte, porque no éramos nenitos. Lo estudié después. Las puertas de las heladeras son magnéticas justamente para evitar las muertes de niños. Hasta los años cincuenta se fabricaban con una manija que las volvía pesadas y, de hecho, murieron muchos chicos dentro. Pero a fines de esa década se prohibieron esas heladeras. Incluso en Argentina, donde las legislaciones internacionales llegan más lento. En cualquier caso, no estaban vigentes en los setenta. Gustavo entró a una heladera normal, igual que entré yo

178

y que entró Daniel esa tarde. Y tampoco se quedó encerrado. La situación fue distinta.

Saltar de heladera a heladera, nuestro primitivo parkour pobretón, se volvió aburrido esa tarde. Daniel, aunque lo niegue, fue el que tuvo la idea. Por qué no nos metemos en una heladera y el que está afuera cuenta cuánto aguanta sin asfixiarse. Seguro que entra poco aire, si no cómo va a mantener el frío. No tuvimos miedo. Después de todo, los demás estábamos afuera y era fácil abrir y cerrar la puerta. Probamos entrar y salir. Las heladeras eran perfectas para nuestro tamaño porque no tenían los espacios para lácteos o verduras, o estaba incompleta la fabricación o se los habían robado.

No recuerdo quién entró primero, pasamos mucho rato jugando. Hacía calor. Siempre que pienso en mi barrio y en la infancia hay olor a moho de esa heladera y un calor de carne podrida. Yo tenía jeans y pulseras de colores. Gustavo mascaba chicle. No aguantábamos mucho dentro de la heladera. Quizá por la excitación. Un minuto lo máximo. Daniel contaba con su reloj. En la pileta, decían ellos, aguantaban más tiempo. Siempre abríamos la puerta cuando no podíamos respirar, transpirados. No pensé entonces que nos faltaba agua. Nunca llevábamos. Ahora todo el mundo anda con agua y habla de estar hidratado, eso no existía en mi infancia. Ni siquiera recuerdo a la gente tomando agua. Era soda o Tang, un jugo posiblemente tóxico, en polvo, que se disolvía en una jarra de agua y tenía un vago gusto a naranja detrás del evidente sabor a plástico.

Gustavo era el más frustrado por su mala performance. Él corría mucho en la cancha y siempre aguantaba bien bajo el agua. Capaz es el calor, le dije, un poco porque lo vi enojado y el juego me había aburrido por la falta de competencia. Era su turno, entró, y Daniel empezó a contar. Pasó el minuto, llegó a los dos y entonces la puerta se abrió a patadas. Lo íbamos a felicitar cuando nos dimos cuenta de que no eran patadas voluntarias o medio desesperadas por la falta de aire. Tenía convulsiones. La cara roja y transpirada, las mandíbulas apretadas, la sangre corriendo por el mentón, los ojos en blanco. Hay que sacarlo, dijo Daniel, se va a tragar la lengua, pero no hicimos nada. Lo miramos hasta que la convulsión pasó. Fue larga. No sabíamos si Gustavo tenía epilepsia o algún otro problema. No sabíamos nada de él. Venía a jugar a las escondidas a veces, vivía cerca de la parroquia, el padre tenía una fábrica de pastas. Eso era todo. Pesaba mucho cuando lo sacamos y estaba totalmente flojo: ya no había contracciones eléctricas del cuerpo. Lo acostamos sobre el suelo de tierra y pasto seco y colillas de cigarrillo. Cuando la muerte llega, es bien claro. Lo supe demasiado pronto quizá, pero es algo útil de conocer. Lo primero es la palidez y luego el olor, el pis y la mierda. No sé por qué, hasta entonces imaginaba que la muerte era limpia, pero la relajación total provoca, claro, la evacuación. Daniel pensó que era un signo de vida y empezó a sacudir a Gustavo. A mí, en cambio, me pareció tan definitivo, tan dejarse ir. Y luego los ojos, que no se cierran. Y los labios, que mucho antes de la rigidez empiezan a irse hacia atrás, sobre todo el superior, liberado del esfuerzo de tapar los dientes.

Yo fui la que dije: volvamos a meterlo en la heladera.

Daniel quería llamar a la familia, avisar, los padres, no sé.

Ni se te ocurra. No lo conocemos. Nos van a acusar. No quiero tener problemas por un pendejo que no conozco.

Me acuerdo de esas palabras, no quiero tener problemas. Tuve tantos problemas después, sin embargo. Los pasos en cada cocina, en cada casa, propia, alquilada, de amigos, de mis padres, de mis novios. Las veces que vi a mi hijo correr hacia la heladera descalzo con los pies húmedos y vi la muerte, me imaginé sus dientes de leche asomando sin labio superior. Los sueños con mi hijo de ojos blancos encerrado en una caja. Las veces que pensé que podíamos haber reanimado a Gustavo y que en realidad lo matamos al volver a encerrarlo. O yo lo hice. El temblor en las manos cuando me regalaron para un cumpleaños una remera a rayas. La caída del pelo, imparable, que me obliga a usarlo muy corto. Mi facilidad para mentir hasta el fin de cualquier historia inventada, hasta el descubrimiento, el llanto, la debacle.

No dijimos nada, ni Daniel ni yo. Mi madre mencionó que había desaparecido el hijo del pastichero, y mi hermana, que apenas lo conocía (creo, porque nunca hablé de él), dijo que andaba con ganas de irse, que el padre le pegaba, no sé. Yo tenía doce años. Gustavo, trece. Sé que suena extraño por el exagerado cuidado para con los chicos de hoy, pero irse de casa a los trece entonces era prematuro pero no insólito. Lo buscaron, lo sé. Nunca me preguntaron nada. Esa tarde volvimos del cementerio de heladeras callados y antes de ir a tomar la merienda repetimos la historia: habíamos estado en la estación vieja, de trenes, donde también se jugaba desde que el servicio había sido interrumpido. Y eso era todo. Nadie quería saber más sobre nuestras pavadas de verano. Las escondidas, la mancha venenosa, las carreras.

Ni siquiera hubo fotos de Gustavo por el barrio. Vi po-

181

licías supongo que buscándolo, pero en esa época había policías siempre por todas partes. A las heladeras no sé si fueron porque, repito, no sabía nada de él, no sé si le dijo a sus padres que iba a jugar al cementerio, no sé si lo consideraban un territorio peligroso. Quizá buscaron y no encontraron nada, como los de derechos humanos. Es asombroso cómo se desvaneció y lo fácil que fue dejarlo atrás. Me daba y me da culpa, pero de una manera súbita, como si me tocara, justamente, la descarga de un gran artefacto eléctrico y recordara los espasmos del chico que dejé morir. La mayor parte del tiempo es un recuerdo lejano. Alguna noche en blanco los primeros días fue un recuerdo poderoso, esperaba su regreso furioso, vivo y acusándome de asesina o muerto y llevándome a su encierro para que le hiciera compañía. Pero olvidar es mucho más fácil de lo que dicen y manejar el trauma se puede ocultar detrás de migrañas ficticias, cansancio y malhumor. Recuerdo una vez, jugando con amigos, uno preguntó qué es lo peor que hicieron en sus vidas. Muchos contaron infidelidades y crueldades diversas; uno incluso, medio borracho, reconoció haberle pegado a su hija. Yo tuve que pensar un poco. No para encontrar una mentira, sino porque en serio no se me ocurría lo peor de lo peor, hasta que el recuerdo, tan lejos y tan cerca de la superficie, me dejó sin aire.

Conté cómo robé dinero del banco, de la cuenta de una vieja rica. Era verdad, pero cualquiera lo hubiese hecho.

Quedamos con Daniel en la puerta de la fábrica para poder entrar al cementerio muy temprano, a las seis de la mañana. No hay sereno. No sé si alguna vez hubo, a nosotros nunca nos molestó y es obvio decir que jamás volví como adulta. Lo esperé una hora. Sabía que no iba a venir el cagón, cobarde, imbécil, el peor cómplice que pude tener. La entrada estaba abierta o, mejor dicho, la cadena que habían usado para sostener las puertas, con su candado, estaba tan suelta que la abertura era suficiente para mi cuerpo y mi mochila. Además, soy delgada: las mujeres suelen decirme qué bien llevados los más de cuarenta, pero por supuesto no saben cuánto me cuesta mantener la heladera llena.

Es un chiste. Siempre fui delgada.

La Bombonería marcaba el cielo de la mañana con sus caramelos envenenados y sus ventanas rotas, oscuras, desde las que me miraban decenas de palomas gordas. Para qué serviría esa cúpula, qué máquinas trabajarían ahí. No lo sabía porque borré de mi vida este barrio, ni siquiera sé si cambió, si está mejor o peor, si es peligroso. Nos mudamos después de que cumplí quince años, me cambié de colegio, no teníamos vecinos que fuesen además amistades fuertes, gente a quien volver a visitar. Fue casi una huida. El cementerio de heladeras y la fábrica, sin embargo, nunca fueron parte del barrio: no estaban lejos, claro, pero eran y son un lugar dejado atrás, un fracaso, quizá un horror, algo en lo que nadie quiere pensar.

El pasto no estaba tan crecido y por las investigaciones, como suele ocurrir, no habían cambiado de lugar las heladeras. ¿Cómo puedo recordar el lugar con claridad? Solo vuelvo en sueños. Y siempre me detengo frente a la heladera donde dejamos a Gustavo. Es sencillo llegar porque, aunque solíamos meternos bien en las entrañas de los pasillos laberínticos, esa tarde elegimos una heladera en una esquina, cerca de un árbol pequeño. Ese árbol ahora es muy grande.

Antes de seguir, llamé a Daniel. No se la iba a llevar

de arriba. No me contestó. Le dejé un mensaje de audio muy largo. Me lo esperaba, pero qué traidor sos, qué traidor y poco hombre. De qué tenés miedo, viejo de mierda. (Daniel tiene mi edad, pero bueno, ya no somos jóvenes.) Nunca entendí por qué mantuve el contacto con vos estos años, si siempre me aburriste, si sos la persona menos interesante que conozco, te necesitaba solo para este día y fallaste, y me lo esperaba, pero igual me decepciona. Lo envié. Aparecieron enseguida los tildes turquesa. El imbécil no sabía cómo ocultar su presencia. Esperé que contestara al menos con unas líneas, pero no lo hizo. Le dejé otro mensaje a mi hijo, a quien dejé durmiendo. Le indiqué dónde estaba el desayuno, sus frutas, sus cereales, su leche y demás alimentación de adolescente sano y rugbier que todo lo ignora sobre su madre asesina.

Mi hijo se arregla solo, como yo. Y el colegio le queda a pocos metros. Tenía casi todo el día para buscar porque él vuelve alrededor de las cinco de la tarde: el almuerzo es en el comedor del colegio y después tiene práctica.

Enfilé hacia el pasillo donde estaba nuestra heladera, pero me equivoqué. Con los años habían crecido muchos árboles: tendría que abrir cada heladera cercana a cada uno de ellos. Una decena quizá. Mientras buscaba (la heladera era blanca, eso ayudaba, había muchas más color beige de lo que recordaba) volví a esa noche en que, entre amigos, nos preguntamos lo peor que habíamos hecho. Y después, como pasa siempre, alguien preguntó sobre si habíamos visto algo sobrenatural o vivido una experiencia de mucho miedo. Yo inventé una estupidez de que me tocaban de noche, el cuento habitual de la mano fría que se mete bajo las sábanas, te roza y luego no hay nadie. Todas las historias eran igual de malas y comunes. Pero el imbécil de Daniel, a quien yo invité porque estaba deprimido

184

después de una separación, contó algo que sí me dio miedo. Un fin de semana lo pasó en su casa de infancia, dijo, donde aún vivía su padre, hace tiempo separado y algo excéntrico, por no decir loco de atar, pero funcional. En el barrio se suele cortar la luz, por eso en cada habitación su padre tiene siempre velas o linternas. Daniel tuvo que ir al baño. La casa tiene dos. Uno grande al lado de la habitación matrimonial y uno chico, que él usaba porque le quedaba más cerca. Chico y sin ducha, un inodoro y el lavamanos. No había luz, pero entró con la linterna. El lugar era pequeño y conocido. Cuando terminó de mear y quiso salir, no encontró la puerta. No es que la linterna no funcionara o se hubiera perdido en la oscuridad: la puerta no estaba. El bañito ahora eran cuatro paredes de cemento sin forma de escape salvo por una pequeña ventana sobre el inodoro. Daniel dio muchas vueltas en el espacio reducido, tanteó las paredes, inspeccionó con cuidado cada centímetro, y nada. La puerta se había esfumado. Gritó y gritó en la oscuridad, con la linterna en el suelo, y en minutos, segundos, abrió la puerta su padre, el pelo desordenado, sin anteojos, puteando porque se había golpeado la rodilla contra una mesita, y le dijo: pero qué mierda te pasa, Daniel. El padre abrió la puerta como si nada, siempre había estado ahí del lado de afuera, evidentemente. O la aparición del padre la devolvió a este mundo. Daniel le mintió, dijo que se quedó dormido en el inodoro y tuvo una pesadilla.

El padre lo miró, desaprobando. Daniel recordaba el movimiento de su cabeza en la oscuridad y el murmullo: pero qué pedazo de pelotudo.

Esperé a que mi teléfono vibrara con un mensaje, pero no lo hizo. Daniel había decidido no participar. ¿Tanto escándalo moral y estaba dispuesto a que las topadoras se llevaran el cuerpo del chico que dejamos morir? Yo pensa-

185

ba llevarme lo que quedaba, si era algo, pedirle disculpas, sepultarlo. En secreto, sí, pero no iba a ver la demolición tan tranquila y que sus huesos se quebraran entre hierros y ladrillos como esos niños medievales que se amuraban en castillos para dar buena suerte. En La Paz, me contó una amiga boliviana, los constructores de edificios a veces secuestran un borrachín de los que hay tantos por las calles del centro y lo ponen en los cimientos para bendecir el edificio.

Escuché inconfundibles pasos en uno de los pasillos. Un sereno. Un linyera. Gustavo, adulto, esperando. El imbécil de Daniel que había venido finalmente. Me paré justo al principio de la avenida de pasto entre las filas de heladeras y del otro lado, como en duelo, vi a un hombre. Estaba quieto, llevaba el pelo por debajo de los hombros, sucio o erizado por un viento que solo lo tocaba a él, un hombre vestido con un pullover, vestido de lana un día de calor, y una de las mangas era tan larga que le tapaba la mano como si ocultara algo. Estaba descalzo. Un linyera, concluí, pero amenazante, y corrí, corrí hasta otro de los árboles. El hombre me esperaba, había llegado antes que yo. Tenía la cara sucia como si hubiese estado arreglando motores, una cara manchada de aceite o de barba. El miedo se fue de mí junto con la transpiración. Se evaporó. Los pies descalzos se acercaron a la heladera indicada y la abrieron. Y el hombre se fue. Viviría ahí, supongo. No era un espíritu. Era una persona con un propósito: alguien que no quería que se perdiera más tiempo en ese lugar donde el tiempo pasaba sin solución.

Miré el interior de la heladera con aprehensión. Lo que había dentro era mejor y peor de lo que imaginaba. Solo ropa. Ni huesos ni una momia. Ropa. Zapatillas. Topper blancas, no se ven más de ese modelo. Las agarré, pero estaban podridas y se deshicieron en mis manos. El resto, la remera a rayas, el short azul, lo guardé en la mochila. Enfilé a la puerta, esperando al hombre. No se iba a esfumar.

¿Y si era Gustavo? Tenía la edad de Gustavo. Se habría hecho de ropa por ahí (a lo mejor las convulsiones lo dejaron con el cerebro dañado y no pudo o no supo cómo volver a su casa). A lo mejor se había armado una comunidad con los otros linyeras. Lo llamé a los gritos. ¡Gustavo! Ni un ruido. Apenas un poco de brisa entre los árboles y las palomas que, con los gritos, se alejaron de su puesto en La Bombonería. Me di cuenta tarde del error de gritar ahí. Mi voz perturbaba algo tenso. El olor a moho me abrumó: venía de la ropa y atravesaba la mochila, como si chorreara. La toqué: no estaba húmeda. Busqué la salida con desesperación, sin pensar en los huesos, sin pensar en si Gustavo se había arrastrado a otra heladera, si lo habían encontrado en las investigaciones y devuelto secretamente a la familia. ¡Era eso! Y por algún motivo lo mantuvieron oculto o yo no me enteré porque estaba cerrada al caso, al crimen, al abandono, al cementerio. La noticia incluso podía haber estado en televisión o redes y yo sin enterarme, criando a un hijo, el trabajo del banco, la contaduría por la tarde para tener un mejor salario, los días que pasaban sin el recuerdo del muerto encerrado salvo en esas descargas ocasionales.

No encontré la puerta. Ya lo sabía. La historia de Daniel era una advertencia. Por eso no había venido. Me dejó sola porque siempre me consideró la culpable, aunque él también calló, aunque él no tuvo el coraje de decir no, no vamos a dejarlo solo, no importa si no lo conocemos, es alguien, fue alguien.

Me apoyé contra las rejas que ahora no solo no tenían puerta ni cadena ni candado, sino que eran más estrechas y con alambre de púa, como una cárcel, como un cuartel. Me senté. Daniel había encontrado la salida de ese baño a los gritos. Yo no quería volver a gritar, pero podía hacerlo mentalmente. ¿A quién llamar? Gustavo no iba a responder a su asesina. Estaba encerrada.

Las lágrimas me nublaron la mirada, pero, cuando me sequé los ojos, vi delante de mí los pies descalzos, las uñas largas de los pies, el aceite de máquinas viejas sobre la piel y levanté un brazo para darle la mano al hombre de pelo largo, para que me ayudara a ponerme de pie.

UN ARTISTA LOCAL

Para Desi y Carlo

Les gustaba subir al auto, cerrar las ventanas y cantar. Ella era muy mala al volante, él era mucho mejor pero desatento, así que cada viaje, siempre corto, era una aventura. A pesar de esos detalles, salían mucho de la ciudad, en especial a visitar pueblos chicos de provincia. Ivana les tenía miedo a los lugares muy abiertos, pero no a los pueblos aislados, y a Lautaro no le gustaba estar con demasiada gente, así que un lugar chico era una especie de combinación perfecta: ayudaba a Ivana con su fobia a la pampa –con Lautaro se sentía segura– y lo sacaba a él de la ciudad y la creciente paranoia. Si funcionaban juntos era porque nunca se echaban la culpa mutuamente: si alguno causaba un problema, lo hablaban. Ser complementarios en las manías y las locuras era suficiente motivo para sostener la relación hasta las últimas consecuencias, porque en general sucedía al revés. Además, por ahora, no debían sostener nada: se querían con sonrisas cómplices y dedos entrelazados, con una facilidad puntual para huir juntos de fiestas y para quedarse en la cama mirando series sobre crímenes verdaderos que después le daban pesadillas a Ivana, pero disfrutaba contárse-

189

las a Lautaro con el desayuno y escuchar sus «sos una enferma» mientras hacía café.

Para ese fin de semana largo el pueblo elegido era General Moore. Era uno de los que habían quedado sin estación de tren en los años noventa y que por iniciativa de los vecinos, para no estar totalmente aislados y poder seguir viviendo ahí, habían comenzado emprendimientos turísticos recientemente: casas restauradas en alquiler con piletas y enormes parques, visitas guiadas a una vieja estancia cuyo casco era como un palacete francés, avistamiento de aves, recorridas por el cementerio de los escoceses y la vieja estación convertida en galería de arte y venta de artesanías y productos regionales. Se veía muy bonito y esforzado en internet. Eso sí, el camino era de tierra: se debía ingresar por la localidad de Zancudos y desde ahí quince kilómetros de ripio hasta Moore.

Ivana estaba muy entusiasmada, quizá hasta de forma desproporcionada. Las fotos eran preciosas. Incluso le había dicho a Lautaro: viviría acá. Aunque, pensaba, estaba bastante aislado y esa gente había pasado demasiado tiempo sola. Y tantos se habían ido. Quedaban solo trescientos habitantes. La esperanza con el emprendimiento de turismo local también era traer nueva gente a vivir: aparentemente ya había una gringa diseñadora de joyas «naturales» (qué sería eso, se preguntaba Ivana) que había comprado y renovado una casa en Moore, y un pintor, un artista local como lo llamaban, que exponía en la estación; al artista le gustaba vivir lejos de las ciudades. No mostraban sus pinturas en el sitio web, cosa que decepcionó a Ivana, pero sí decían que su llegada les había traído esperanzas de que se podía salvar a Moore. La mayoría de los habitantes eran viejos y aún se añoraba el tren.

No creo que hayan estado tan aislados, la tranquilizó

Lautaro, el otro pueblo está muy cerca, hasta se puede llegar caminando, y esta es gente de campo, se la pasa en camionetas. Pero están traumados con el tren, en el sitio hasta tienen como sonido de fondo el traqueteo de las vías. Es que fue un drama, estos pueblos se murieron. Me da un poco de miedo por eso, porque vos mismo lo decís, estuvieron muertos. Pero este quiere sobrevivir o seguir vivo, parece, no le veo nada depresivo. Tenés razón, dijo Ivana, y empezó a preparar el bolso, siempre llevando ropa de más por las dudas y pensando en la casa que habían alquilado, con su parque y la galería llena de sillones de diferentes estilos, ecléctica e inesperadamente moderna.

Cantaban en el auto, bien cerrado para que no entrasen los bichos de la ruta porque a los dos les daban asco. A mitad de camino, Lautaro dijo que necesitaba estirar las piernas y tomar una aspirina para su dolor de cabeza. Ivana salió del auto con un saco azul porque hacía un poco de frío. Era mayo: aún no el invierno, pero cuanto más lejos de la ciudad, más el campo seco y vacío, el viento sobre los sembrados, los camiones de vacas con su olor a bosta, las parrillas y paradores de ruta abandonados, la sensación de que transitaban un país enorme en el que perderse y ocultarse era tan fácil y más aún bajo esas nubes bajas y grises y la línea negra del horizonte anunciando tormentas. Qué tontería ir a una casa con pileta en esta época del año, pensó Ivana, aunque sabía que Lautaro disfrutaba de nadar en agua fría por la mañana. Encontraron un parador de ruta, de esos que ambos conocían desde la infancia, sillas y mesas de cemento con venecitas gastadas como decoración que alguna vez, en los años sesenta quizá, debían haber brillado como joyas al borde del camino, especialmente bajo los rayos de sol que dejaban pasar las ramas de los eucaliptos.

Más cerca del auto, casi en la banquina, había un santuario rutero bastante grande. Ivana se acercó segura de que sería del Gauchito Gil, pero se sorprendió porque era la Difunta Correa. Nunca le había gustado esa santa, pero la obsesionaba su imagen. No sabía mucho de ella, era de San Juan, del noroeste, una santa del desierto. Quién sabe cómo había llegado a Buenos Aires. Estaba en muchas casas de su barrio de infancia, debajo del timbre o en un pequeño altar junto a las puertas. En las casas viejas se usaba tener una virgen o un pesebre o la Difunta Correa cerca de la entrada, como protección o vaya a saber para qué.

Por qué le dejan botellas de agua, le preguntó a Lautaro. Porque se murió de sed en el desierto, dijo él cuando se levantó a ver quién estaba en el santuario, algo sorprendido porque las rutas las dominaba la Virgen de Luján, protectora de conductores, o el Gauchito. Lo raro no es eso, siguió, sino que le pidan casas. A lo mejor porque se murió a la intemperie o por el terremoto de San Juan que dejó la ciudad destruida. En el santuario de San Juan todo el camino está sobrepasado de casas en miniatura.

¿Fuiste? No, vi fotos. ¿Te gusta ella, la santa? No, confesó Ivana. Se acercó a mirar de cerca la imagen y frunció la nariz. Cuando la hacen así especialmente, medio verdosa para dejar claro que ella está muerta y el bebé sigue vivo, tomando la leche podrida de su teta, es peor.

Se supone que no estaba podrida la leche, de ahí el milagro; si estaba podrida, la criatura no iba a sobrevivir en el desierto. Bueno, claro, se rió Ivana, digo lo que parece. Y sí es medio asqueroso, dijo Lautaro, y le dio un trago a su gaseosa. Una mujer muerta y el hijo que sobrevive tomando la teta bajo el sol en el desierto sanjuanino. Lo que nunca supe es por qué se fue a cruzar el desierto si seguro se moría, siglo XIX, plena guerra civil. Lautaro se terminó la gaseosa, dejó la botella junto a las otras, algunas también vacías que se acumulaban en el santuario, y dijo: no sé, creo que escapaba de algo, pero a lo mejor me lo imagino porque si no, es verdad, no tiene mucho sentido ir a buscar al marido con un crío por el desierto.

Ivana se quedó un minuto más, tratando de evitar la aprehensión. Se agachó y, sin mover los labios, le pidió a la santa una casa. Fue un impulso extraño, pero la hizo sentir bien. En la ciudad tenían apenas un departamento y, si querían tener hijos, ella deseaba una casa como la alquilada en Moore, con su espacio para poder correr y disfrutar de estar fuera y el sol sin tener que moverse demasiado. ¿Le estaba pidiendo un hijo también? No, aún no, querían ser una familia con chicos, pero era demasiado temprano. Aunque por qué no, pensó. Quizá pedirle casa era pedirle un hogar, con criaturas incluidas.

Se sentaron a improvisar un pícnic de pan con queso y mate. No llovía, pero había viento, así que no se quedaron demasiado. Las botellas, algunas de vidrio y otras de plástico, se chocaban y hacían un ruido de campanitas, y a veces cuando se volaba alguna parecía que alguien caminaba entre los pastos crecidos.

El camino entre Zancudos y General Moore era de ripio menudo: los vecinos lo habían puesto en buen estado, era evidente, para recibir a las visitas. No les costó encontrar el pueblo, cuatro o cinco manzanas como mucho, ni tampoco la casa que habían alquilado, con un enorme parque todo alrededor y muchos árboles al fondo. Tocaron el timbre y salió la dueña, una mujer muy delgada con un vestido floreado y un mantón sobre los hombros. Se apuró, solícita, diciendo: chicos, pasen, acá todo es tan grande, pueden abrir la reja y estacionar adentro, la pueden dejar abierta también, la seguridad no es un problema, no como en Buenos Aires. Ivana sonrió, pero la cansaba sinceramente la noción repetida de la gente de los pueblos, siempre convencida de que los porteños vivían encerrados y que salir a la vereda era igual a quedar en medio de un tiroteo. Y eso que ella era una persona bastante miedosa. La mujer los empujó casi hasta la casa. Era fresca, de pisos de cerámica rojiza, muebles oscuros y un parque enorme con hamacas paraguayas, parrilla y la pileta, más chica de lo que se imaginaban. Estaba tapada con un cobertor de plástico, quizá para proteger de la lluvia. La mujer les dio las llaves, explicaciones de cómo trabar las ventanas («pero solo por la lluvia y el viento») y les dejó en una tabla, sobre la mesa, un salamín y un queso regional, con dos cuchillos, aunque había muchos en la cocina. Ivana y Lautaro la dejaron ir con sonrisas y después, solos y aliviados, fueron a la habitación. Querían descansar un poco antes de pasear o de ir a comer.

Había dos habitaciones, una con cama matrimonial, la otra con una camita de una plaza. Pero no había sábanas. Buscaron en todos los cajones y roperos, pero nada. Había toallas, eso sí, y manteles y trapos de todo tipo, pero ni una sábana. La voy a llamar, dijo Lautaro, un poco contrariado. A lo mejor se olvidó, pero es raro. Puso la llamada en altavoz, como hacía siempre para compartir con Ivana. Después de reclamar por las sábanas con su estilo de rodeos y disculpas innecesarias, hubo un silencio. La mujer dijo, la voz estaba seria:

–Pensamos que ustedes traerían.

Lautaro frunció el ceño y la que habló fue Ivana.

–¿Por qué? –preguntó, sencillamente.

–Por el tema de la pandemia.

Le explicaron, porque parecía que lo necesitaba, que la pandemia estaba controlada y que, incluso en los malos momentos, la hotelería nunca había dejado de ofrecer sábanas. Que además se lavaban y ya. Ella ahora se oía más desconcertada que aguijoneada, y Lautaro supo por qué: no tenía sábanas nuevas y tenía que ir hasta Zancudos a comprar. Les pidió que le dieran unas horas para buscar. Es que queremos descansar, explicó Ivana. Y la mujer, con una sonrisa en la voz, dijo: se pueden tirar en la cama sin las sábanas, ¿no? Y cortó.

Lautaro puso el celular sobre la mesa y dijo: esto no empieza muy bien. Salió al patio y se acercó a la pileta. Levantó apenas una punta del cobertor de plástico. Diciendo que no con la cabeza, le gritó a Ivana para que lo escuchase: me imaginaba. El agua no está limpia. No es un pantano, pero de ninguna manera me puedo bañar ahí, está oscura, medio verdosa.

A Ivana le dieron ganas de llorar como cada vez que algo salía mal en los viajes. Se sentía culpable, aunque ella no tuviese nada que ver ni la situación la condenara. Nunca sabía cómo decir algo alegre o leve que ayudara a pasar los contratiempos: se angustiaba y de alguna manera pedía el consuelo de Lautaro. Intentó otra actitud y recibió a Lautaro con un beso. Es vieja la mujer, dijo. A lo mejor entendió algunas reglas mal. Recién empiezan a recibir gente. En la web no decía nada sobre sábanas, insistió Lautaro, que odiaba acostarse sobre el colchón pelado. Ya sé. Lo van a arreglar.

Esperaron sobre el sillón. El televisor andaba bien, hasta tenía dos servicios de streaming, y el wifi era decente, aunque no ideal. Después de ver un episodio de una serie medio dormidos entre los almohadones, escucharon el timbre. Era una mujer más joven que se presentó como

Delfina. No necesitó decir que era la hija de la vieja: era idéntica. Traía dos juegos de sábanas y pidió disculpas: por la falta de ropa de cama y por la ausencia de su madre. Está medio avergonzada la pobre, dijo. No tenemos experiencia. Es lo que pensaba, dijo Ivana. Además, ella mira televisión todo el día y la asustan con la pandemia. Pero ¡no nos pidió que usáramos máscara!, dijo Ivana. Ella no usó jamás, sonrió la hija, los viejos entienden todo mal. Lautaro se acercó e Ivana pensó que iba a decir algo de la pileta, pero solo agradeció.

Delfina, que era atenta como su madre, les avisó de algunas cosas más. Si no les gustan los bichos, salgan con zapatillas o con ojotas al patio, porque está lleno de babosas.

Ivana sacó la lengua fingiendo asco. Delfina no se inmutó.

Les podríamos poner veneno, pero hay muchos animalitos domésticos, gatos, perros, los pájaros... No queremos que se muera ninguno. Hay cosas naturales para matarlas, pero seguro se van pronto. Es la humedad. ¡Peor fue la invasión de gatas peludas! Con esas no se puede. Nomás el alcanfor, ¿pueden creer? Nos lo dijo el pintor, tienen que ver su obra. Nos pasamos el verano debajo de los alcanforeros, por suerte hay varios por acá.

–¿Pican?, quiso saber Lautaro.

–¡Sí! Hasta dermatitis te dan. Pero se va. Ahora no hay, no se preocupen.

Cuando Ivana cerró la puerta, Lautaro se limpió los anteojos: igual no sé si tengo ganas de bañarme, hace bastante frío.

Te espantó con los bichos, dijo ella.

Ah, porque a vos te gustan.

Si sabés que los odio.

Lo peor es que no sé lo que es una gata peluda.

196

Seguro viste alguna vez. Es una oruga con pelos. El patio de mi abuela estaba lleno, recordó Ivana, y no sé qué tenía mi piel, pero me perseguían.

Es que tu piel es hermosa, dijo Lautaro, y le besó la muñeca.

Delfina también les dijo que, como era jueves, la pulpería no estaba abierta para comer a la noche: podían ir al pueblo. Y si no, la proveeduría tenía de todo y también comida hecha muy rica. Podían cocinar. Y otro día usar la parrilla y comprar en lo de don Julio, que tenía la mejor carne de la zona. Ir al pueblo a quince kilómetros no les pareció un buen plan, así que Lautaro fue a comprar comida e Ivana se quedó investigando la casa, sobre todo el parque. Las lámparas eran todas preciosas y había muchas de pie, pensadas para poder leer. También un cajón lleno de juegos de mesa, para los largos fines de semana sin más entretenimiento que la tele o estar online o verse con los vecinos, se imaginaba Ivana. Paseó por el parque con las zapatillas puestas. Había sapos, que no le gustaban, y parecía haber dentro de la pileta, porque se los escuchaba croar bajo el plástico. Las flores, también iluminadas, eran preciosas: hortensias exultantes, lirios, calas, hasta un rosal de flores amarillas. Vio, en efecto, muchas babosas y muchos de sus hilos de baba plateada, como collares muy finos abandonados. Su abuela las mataba con jugo de limón, recordó, pero ella no se atrevía, le daba asco cómo se retorcían esos gusanos anchos y húmedos, como bocas succionadoras, y prefirió no pensar. Con la campera puesta porque ya era el atardecer y subía el frío, abrió la hamaca paraguaya para acostarse. Nunca le habían parecido cómodas, era difícil moverse sobre la tela y le daba miedo

197

caerse, aunque el piso estaba cerca, pero lo intentó. Cuando la abrió, vio una mancha, creyó que era una babosa e iluminó con el teléfono. Pero no. Era una mancha de sangre seca a la altura de donde estaría el trasero de una persona, así que, se dijo, debía ser una mancha de menstruación. Antigua, evidentemente, ya marrón, pero le quitó las ganas de usar la hamaca y se preguntó cuántos pequeños detalles no aptos para huéspedes habría en la casa.

No se lo contó a Lautaro cuando volvió, pálido de frío. Traía milanesas a la napolitana caseras, calentitas y con un queso y una salsa de tomate espectaculares. Comieron sin la televisión encendida, en silencio, escuchando lo que parecían aves nocturnas, los sapos tan cercanos y una hamaca lejana, los hierros forzados bajo el peso.

Cuando Lautaro terminó de comer, se limpió los labios con la servilleta de tela y dijo: te tengo que contar algo. Ivana se alarmó, pero no porque pensara que él quería hablarle de algo serio y personal, sino porque vio que volvía a ponerse pálido.

Es una tontería a lo mejor. Pero cuando venía para acá vi a una nena en la hamaca, esa que se escucha. Debe ser otra persona o capaz volvió. Me saludó y la saludé con la mano, pero se bajó corriendo y me acompañó. Estaba vestida con shorts y una remera de manga corta y eso que hace frío ahora. Le pregunté si no tenía que ponerse una campera para estar afuera y me dijo que no, que ella sentía diferente. Y que su vida empezaba de noche. Le pregunté cuántos años tenía y me dijo treinta y tres.

En la soledad de la casa, el silencio del pueblo pequeño, bajo un reloj que marcaba la lentitud del tiempo, con el eco de los techos altos, lo que contaba Lautaro, que podía ser un chiste de la nena, parecía amenazante y fantasmagórico. Ay, no, dijo Ivana. Y después, siguió él, la nena se dio vuelta y dijo: me llama mi papá, es el pintor, lo tenés que conocer, es dueño de todo, y se fue corriendo, pero te juro que no había nadie, nadie la esperaba. La calle no está oscura de noche, se pusieron las pilas para iluminar con farolas.

¿Parecía de esa edad, de treinta y tres años?, quiso saber Ivana.

No. Pero tampoco parecía una nena. No sé cómo explicarlo.

¡A lo mejor era una enana!

No te pongas imaginativa. Era chiquita, con rasgos de nena, pero los gestos eran de adulta. No sé. A lo mejor estoy cansado y tengo que dormir, a lo mejor me sugestioné.

Por qué te vas a sugestionar.

No sé. Me preguntó si teníamos hijos y si podía jugar con ellos. Le dije que no y puso una cara muy ofendida, pero como si actuara. ¿Cómo sabe que somos dos y que podríamos tener hijos?

Todo el pueblo debe saber que estamos acá. Capaz le dijeron que somos una pareja sola, pero viste cómo es la gente, siempre espera que las parejas tengan chicos. Vos sabés que siempre te creo y nunca te trato de loco. Pero a lo mejor se explica por eso. Y lo del padre, capaz sí tenía frío y te mintió.

El silencio era pesado, y Lautaro se estiró y se cortó una rodaja de salamín. Vamos a la cama, dijo. Ivana ya la había armado: las sábanas estaban limpias y uno de los juegos era nuevo, la hija de la dueña debía haber ido al pueblo corriendo a comprarlas. Ivana usó ese juego. Lautaro siempre leía antes de dormir y ella se dio vuelta, con la mirada hacia la ventana, que tenía la persiana baja pero no del todo, porque les gustaba despertarse con el sol cuando estaban de vacaciones. Entraba algo de luz del patio, porque había dejado un farol encendido. A Lautaro no le molestó. Ella lo escuchó dormirse y respiró profundo, el olor a eucaliptos, un leve aroma cítrico, un gato maullando pero no en celo, no a los gritos como una criatura, sino juguetón, y volvió a pensar qué buen lugar para vivir, con unos retoques nada más, con el camino mejor hecho y con la gente mejor acomodada a recibir visitantes.

El amanecer fue delicioso y se encontraron con una cesta en la puerta. Adentro había de todo para un desayuno intenso: frutas, varios quesos, panes de campo, mermeladas, jamón crudo y cocido, huevos todavía tibios, leche. El regalo venía con una nota de disculpas: «El piletero nos falló, pero estamos a tiempo si lo necesitan». Lautaro la leyó y sonrió. Ivana notó que se le relajaba la cara detrás de los anteojos. Era muy temprano y había mantas para cubrirse, así que comieron en la mesa del patio-parque: huevos revueltos con queso, café con leche, sándwiches de jamón con manteca; probaron las tres mermeladas y decidieron que la mejor era la de arándanos. A Lautaro le quedó la lengua colorada y dijo: qué buena idea venir al final, siempre somos unos desconfiados. Pusieron música y cada uno se dedicó a lo suyo: Ivana a estudiar francés con una app, Lautaro a corregir exámenes que le quedaban pendientes. Antes del mediodía decidieron ir primero a lo de don Julio a comprar carne para el asado de la noche, dejarlo en la heladera y después ir a comer a la pulpería. Todo quedaba a pocas cuadras, a metros: era como estar en una especie de parque temático de pueblo bonaerense y era difícil imaginar cómo traerían más gente si querían que fuese un emprendimiento turístico. No había capilla, una cosa bastante rara. Al menos no estaba en el lugar habitual, frente a la plaza y la delegación municipal; en cambio, había un galpón. Un viejo anuncio de Fanta, de chapa, se había desprendido de los clavos y, con el viento, se chocaba contra la pared y el ruido era rítmico, como el del picoteo de un pájaro. Iba a llover mucho, pero Ivana pensó que estaba bien ver la lluvia caer sobre el parque y sus flores y sentirse protegida sobre el sillón aunque se cortara el wifi, como seguro pasaba con una tormenta. Calentita y protegida bajo las mantas. Otra vez la asaltaron las ganas de vivir en un lugar así, pero después, cuando veía la pampa asomada entre las casas y los árboles, al fondo de las calles, como una gran alfombra de pasto amarillento, la inmensidad la aterraba un poco. La pampa no se terminaba nunca, estaba segura, y no había nada más que gente loca y sola caminando entre los sembrados, almas de los asesinados, de los que se mataron cuando dejó de pasar el tren, de los que se perdían ahí donde no podían encontrarlos, de los indígenas masacrados.

Entraron a la pulpería y se sentaron frente a la ventana: era un buen lugar considerando que el espacio, de unas seis o siete mesas, estaba lleno. El mozo era casi adolescente y les recitó los platos del día: pastel de papas, berenjenas gratinadas con puré o bife de chorizo con fritas. La variedad no era lo esperable en un pueblito así, pero como habían desayunado en cantidad, las berenjenas venían bien. Sin vino, con agua, para estar despiertos e ir a la vieja estación a recorrer los puestos y el centro cultural antes de que se desatara la tormenta.

El mozo les preguntó qué les parecía el pueblo y Lautaro le contestó: contanos vos. A mí me encanta, dijo él, es una lástima que se rajara tanta gente. Lo de los trenes fue un crimen. Antes de que se cerrara la estación íbamos caminando desde Zancudos por la vía con amigos y hacíamos esa pavada de poner monedas para que las aplastaran las ruedas.

Lautaro dijo que claro y el mozo dijo: ya salen las berenjenas, están muy buenas. Cuando se fue, Lautaro se agachó y le murmuró a Ivana: después te comento, pero esto es raro. Las berenjenas estaban realmente buenas, muy calientes, eso sí, y el puré era perfecto, a punto, las papas bien disueltas y la cantidad de leche justa. Pagaron con efectivo porque obviamente no había tarjeta en la pulpería y preguntaron dónde quedaba la estación, aunque lo sabían, solamente para ser amables. El mozo los despidió con indicaciones y les dijo: no se pierdan las pinturas, van a quedar impresionados. La señora de las joyas no expone hoy, una pena. Se fue unos días del pueblo.

En el camino, Lautaro empezó a hablar, nervioso, acomodándose los anteojos y el cárdigan obsesivamente. Es imposible que el mozo viniera acá cuando se fue el tren, dijo. Dejó de pasar en el 97. ¿Lo miraste bien? Ese pibe no había nacido en el 97. ¿Estás seguro de que dejó de pasar ese año? Lo dice en la puta web, no me trates de loco, nunca nos tratamos de locos, ya lo hiciste anoche con la nena, vos decís que no me tratás de loco, pero lo estás haciendo, y nada de esto es neurosis. Ponele que el pibe se hizo el canchero o sobreactuó. En cualquier caso, mintió, y eso es raro. Es raro, sí, asintió Ivana, y pensó en la mancha de sangre en la hamaca paraguaya. Vemos la galería y nos volvemos mañana si querés.

Lautaro paró y se encendió un cigarrillo. Le costó por el viento. No había nadie en la calle. Tenés razón, dijo cuando logró dar una pitada. Estoy un poco tenso. Esperemos a ver si se me pasa. Ivana no contestó. Ella no estaba inquieta, pero le prestaba atención a los detalles que notaba Lautaro porque, era cierto, nunca lo trataba de loco porque no creía que estuviese loco. Ella también solía tener razón cuando se sugestionaba. Solo que ahora no estaba sugestionada. Salvo por la mancha de sangre que le pareció una babosa.

La estación conservaba todos los detalles viejos y también los más recientes. Los bancos verde inglés de madera, las tejas, las paredes blancas. Cada una de las salas, pocas, tenía una exposición y en la galería había algunos objetos grandes. Un metegol antiguo, un carro con caballo de juguete. El caballo era bastante horrible, parecía un animal real embalsamado. Restos de la estación, banderillas, objetos que ellos no conocían ni sabían nombrar. Nadie explicaba, no era una visita guiada. Adentro todo era más amable. La mayoría de las artesanas eran mujeres grandes, salvo un señor que trabajaba cuero y una adolescente con retratos de Taylor Swift sobre la mesa. Ivana le sonrió. Los había hecho la chica, que le pasó uno que mostraba a Taylor vestida color medianoche con parte de una letra traducida: «Si estoy muerta para vos por qué estás en mi funeral». Un poco mórbido, pensó, pero bueno, las adolescentes podían ser tétricas. Las artesanías eran predecibles. Crochet, mates de diferentes tamaños, monederos, pastilleros de plata. La mesa de antigüedades era más interesante. Había unas vajillas fantásticas, completas, de Limoges. Varias. Quién sabe qué familia las había dejado. Lámparas de cristal y varios objetos preciosos con vidrios de colores, similares a vitrales. Esa parte se diluía un poco hacia lo que, se suponía, era el intento de centro cultural. Una biblioteca bastante nutrida pero de apenas algunos estantes, libros de autores de la región en venta, especialmente poesía, ilustraciones, caricaturas, y carteles pequeños con los teléfonos de los profesores de dibujo y de guitarra. Afuera una chica tocaba la guitarra, una canción folklórica extraña o que al menos Ivana no conocía. De pronto cambió hacia bossa nova, y Lautaro la miró con aprobación. Taylor, bossa nova, al final no era lo clásico de cuero y leche y carne de siempre.

Frente a la biblioteca estaba la sección de pinturas: las de la derecha eran típicas escenas de interiores y guitarreadas, o de la pampa eterna y vacía al atardecer. Pero la otra sección los dejó petrificados y Lautaro dijo «mierda» y sacó la cámara de fotos. Ivana también sacó el celular. Eran tres pinturas, bastante grandes. En la primera había una mujer pintada de color violeta a la que le crecía una especie de enredadera en todo el cuerpo. Sostenía una columna griega que parecía surgir de un estanque. Detrás de ella, a lo lejos, se veía un pequeño coliseo en llamas, pero lo realmente impresionante era la cantidad de seres que la rodeaban, hundidos bajo el agua. Calvos, las caras incompletas, borradas, pálidas, algunos con las manos extendidas hacia la diosa, los que estaban más lejos envueltos en una humareda que podía venir del incendio. Estaba bien ejecutado, pero parecía hecho por dos personas: una que pintaba la fantasía medio prerrafaelista de la diosa que surgía de las aguas, y la otra, el círculo concéntrico de hombres famélicos estilo cómic.

La segunda pintura tenía en el centro a una mujer o a un hombre, imposible distinguir, de pelo largo, envuelto en sábanas o en un sudario, sobre una cama, una habitación oscura. La cabecera y los pies de la cama tenían forma de lápida, dos rectángulos con los bordes redondeados. A la mujer-hombre pálida, violácea, la acompañaban cuatro seres-hombres. Uno salía de la lápida en la cabecera, que estaba cubierta de signos, y le sostenía la cabeza. Otro salía de debajo de la cama envuelto en llamas. El más impresionante tenía la boca abierta en un grito de horror y de placer: la sostenía de las caderas y parecía estar teniendo sexo con ella, pero la mujer o el hombre del sudario no daba respuestas. Parecía sin vida. Al hombre en éxtasis le sostenía la mano libre otro, que parecía listo para unirse a la orgía. Los cuatro hombres eran dorados. La pintura se llamaba *Los demonios* y era de 2014, pero no tenía escrita la firma del autor. La última era una mujer-caballo color celeste, las piernas encabritadas, la cabeza de virgen o de doncella medieval, y la cola del animal cambiada a una de escorpión desproporcionada y negra. La aparición, con alas color ocre, emergía de un bosque de eucaliptos pintados de azul. Odilon Redon pasado por ácido. Era hermosa, además. Los colores irradiaban una intensidad que parecía iluminar toda la habitación.

La dueña de la casa que alquilaban los sacó del asombro por las pinturas. Estaba parada justo detrás.

–Curioso, ¿no?

–No sé qué decir –murmuró Lautaro–. No me lo esperaba.

–Tiene sus sorpresas este pueblo –se rió ella.

Ivana trató de recordar el nombre de la mujer y no pudo. Quería seguir viendo las pinturas. Sintió que algo le subía por las piernas y tuvo ganas de vomitar, pero fue un instante. A veces le pasaba a la gente eso, frente a obras muy impresionantes. La mujer lo notó y la agarró del bracete.

–¿Querés conocer al pintor? ¿Al artista local? No es de acá, pero le gusta que le digamos así.

Ivana esperó la respuesta de Lautaro y él se encogió de hombros, aunque en sus ojos había un «no». Ella trató de interpretar por qué le causaba tanto rechazo.

–¡Quieren venir! –dijo la señora, y se le acercaron otras, todas ancianas, todas con saquitos en colores pastel y zapatos abotinados.

Ivana cerró los ojos y pensó que debía dejarse llevar, que sería conocer a un viejo loco y eso era todo, y se podían ir al otro día, si es que dejaba de llover porque afuera era realmente un diluvio, una cortina de agua que hacía la visión imposible. Las señoras los empujaron a la calle y abrieron los paraguas. Es acá a la vuelta, después los llevamos de vuelta con el auto porque los charcos los van a empapar, dijo una de ellas. Ya mando mensaje para que preparen unas masitas y el mate. A Ivana, Lautaro le quedaba lejos. Le dijo algo, en voz no muy alta, algo como: mejor volvamos y les decimos de visitar otro día, pero enseguida se lo tapó una de las viejas, que era muy alta.

Ivana vio cómo corrían todos bajo la lluvia para evitar que las cosas se mojaran: alguien sacaba el caballo asqueroso de juguete, y ahora la paja sí le parecieron tripas secas. Otros también movían el metegol, pero qué importaba si ya estaba oxidado, daba igual si se mojaba.

La casa del artista local estaba a cincuenta metros de la estación. Las viejas entraron a los gritos, riéndose a un volumen insoportable. Ivana quería hablar con Lautaro, pero no podía encontrar su mirada, y quería tocarlo, pero no podía alcanzarlo, siempre tenía una vieja en el medio o un paraguas. Le gritó y él le dijo:

—¡Vamos a buscar el coche!

—¿Qué pasa? —dijo ella—. ¿Algo está mal?

El hechizo se rompió cuando una de las tres viejas cerró la puerta. Hizo un ruido desproporcionado, como si fuese metal. Como de bóveda de banco. Y dentro las voces sonaban como en una iglesia, como la iglesia que faltaba en ese pueblo. Ivana escuchó que Lautaro lloraba y le decía: no me escuchaste, no me escuchaste. Ivana por fin encontró los ojos de Lautaro, que estaban desenfocados.

—¿Unos matecitos? ¿O un té? Tenemos unos de hierbas bárbaros.

Pero nadie traía nada ni iba a la cocina. Eran palabras

apenas. La mascarada se terminaba y los signos estaban en el aire, en el eco de las paredes que parecían crecer, en el olor a bosta que no tenía que ver con las vacas que andaban sueltas por ahí, en el maquillaje exagerado de las viejas que empezaba a deshacerse y marcarles los rasgos húmedos por la lluvia.

–No me siento bien, me quiero ir –dijo Ivana como último recurso, y Lautaro, desesperado, insistió:

–Por favor, no nos cayó bien la comida, nos tenemos que ir.

–Ay, se piensan que es tan fácil, ¿no? Los jóvenes son así. Todo se soluciona con irse. ¿Para qué entraron?

Las viejas se separaron y dejaron ver a otra anciana, de largo pelo negro, que Ivana reconoció enseguida como la de la cama en la pintura orgiástica. Estaba sentada sobre un montón de paja y de sábanas (ah, acá están las sábanas), como en un pesebre. Llevaba un vestido largo y blanco, de algodón, muy anticuado, parecido a un camisón viejo, pero tenía las mangas decoradas con arabescos dorados. Detrás de ella solo había oscuridad, como si la sala terminara en una pared negra o no terminara nunca. Había tan poca luz que era imposible determinar si era negrura de un espacio abierto o incluso un cortinado aterciopelado. Las ventanas estaban cerradas, pero debían ser muy gruesas porque la terrible lluvia de la calle no se oía. La mujer de pelo largo y negro tenía las piernas cruzadas: era muy delgada y parecía flexible. Se abrió el camisón y sacó de entre la paja lo que al principio parecía un animal rosado, una especie de gusano pero muy grande: tenía que tomarlo con las dos manos. Lautaro trató de correr y lo dejaron que llegase hasta la puerta, pero no pudo abrirla. Las viejas miraban al gusano con las manos juntas como si admiraran a un hijo amado haciendo una pirueta genial.

Ivana vio, en la penumbra, que el gusano no era tal: tenía algunas formas distinguibles. Tenía cabeza y unas piernas flojas que parecían tentáculos pero terminaban en pies humanos, con sus uñas. La boca que se prendía al pezón también era muy real.

–A veces –dijo la dueña–, cuando a uno lo abandonan, como a nosotros con el tren, alguien viene a ayudarte. ¡Alguien, algo, qué importa! ¡Llegó él! Cuando nos dejaron solos, ella quedó embarazada y él nunca creció, pobrecito, pero piensa, tiene una mente privilegiada.

–Mucho talento tiene, ustedes vieron las pinturas. Nuestro artista. Tenemos muchas pinturas más, no para nunca de trabajar –dijo otra vieja–. Con él llegaron otras cosas al pueblo. Algunas no muy buenas, como los de la pileta. No miraron bien la pileta, ¿no? Es verdad que se esconden bien.

Ivana se sentó en una de las sillas y miraba un poco a las viejas y otro poco a Lautaro, que seguía tratando de abrir la puerta a los gritos.

–¿Qué quieren de nosotros, por favor? No hicimos nada –murmuró.

–¿Nosotras? Nada. Ustedes quisieron conocerlo. Nosotras estamos muy bien, aprendimos a estar solas, nos acostumbramos a ver cómo se iban los hijos y los jóvenes. Pero vino él y vino con sus amigos. Ustedes vieron a algunos, son muy jóvenes. Pero él no crece. A lo mejor les lleva mucho tiempo crecer.

–Nadie vuelve a los pueblos de estaciones abandonadas –dijo la madre. Tenía una voz tierna, hasta cálida. Se sacó al gusano del pezón y le dijo a Ivana–: Los pueblos se mueren, ¿no está mal dejar morir algo? Eso nos hicieron hasta que quedé preñada. No es un gusano como pensás. Tiene nombre. Se llama Yolk. Me lo dijo él mismo. Me salvó: llegó cuando yo me estaba muriendo. Hace veinte años que lo alimento. No pide nada, salvo dibujar.

–No saben lo difícil que es encontrarle las pinturitas...

–¡Los óleos! –dijo la dueña de la casa alquilada.

–Eso. Acá te abandonan y nadie viene ni en bicicleta a traerte cosas de las ciudades.

Dijo «ciudades» con tanto odio que Lautaro insistió con la puerta y la dueña le dijo:

–Anteojudo, no sea estúpido, por favor, que me da pena. Lo vamos a dejar salir cuando se nos ocurra a nosotras. No sé para qué la siguió si no quería venir, ella era la interesada y la que queremos. –Miró para atrás–. Ya terminó de tomar la teta el Yolk. Traele la silla. Y mostráselo bien a la chica, que parece menos tonta que el otro.

La madre de pelo negro puso al gusano humano Yolk en brazos de una de las viejas, que a su vez lo acomodó en una silla de ruedas de respaldo alto. Le puso correas para evitar que se cayera y se lo acercó a Ivana, con las ruedas chirriantes que aturdían en el eco de la casa cripta. Ivana se dio cuenta de lo que pasaba con su cuerpo. Era de una persona, ahora extendido sobre la silla se notaba más, pero no tenía huesos. Ninguno. Cuando intentó hablar, la voz que salía de ese cuerpo sin tonalidad muscular era gutural pero fina, como si pusiera un esfuerzo enorme, toda la contracción posible enfocada para sacar un hilo de voz. Ivana no le entendió nada, pero las viejas aplaudieron. Y Yolk quiso soltarse de las amarras.

–Le gusta la chica –dijo la madre–. Hace rato que quiere una chica.

–Tranquila que no te va a violar, no puede –dijo la dueña–. Él te quiere para que lo cuides porque ya sabíamos que cambia de proveedora. Ya es grande el Yolk y ella también. –Señaló a la mujer de pelo negro–. Lo vieras sostener los pinceles con la boca. ¡Lo vieras! Es una maravilla. Yo quería subir un video en el YouTube, pero la madre no me deja. Es un secreto, me dice, pero es una maravilla verlo pintar con tanta dificultad. ¿Te acordás de los pintores sin manos? No creo, sos muy joven. Antes mandaban postales. Acá nunca llegaban, pero sí a Zancudos. Para Navidad. Muchas palomas de Picasso, para mi gusto. Bueno, el Yolk es mejor que esos pintores sin manos, pinta desde la silla, es una maravilla.

Ivana no sabía quiénes eran los pintores sin manos, pero se acordó de cuando Lautaro, una noche, cuando volvían por el Camino de Cintura de la quinta de unos amigos, le había contado sobre el Cottolengo San Francisco. Era un asilo especial: había enfermos mentales abandonados, pero también recogían chicos con deformidades o retrasos que en muchos casos eran compatibles con la vida social, pero que no tenían familias o las tenían en situaciones muy vulnerables. Microcefalia, hidrocefalia, idiocia. Cuando él era chico y vivía cerca, le explicó, se contaba sobre un interno que era como una pelota de carne. Comía y cagaba, pero eso era todo. Era cíclope. Tenía un solo ojo. Ivana había buscado la leyenda en la web: decían que estaba en una parte restringida para los médicos y asistentes. Se lo mostró a Lautaro, recordaba, era ya una leyenda urbana. Aquella noche también era de lluvia y frío. Lautaro dijo: me daba un miedo horrible, soñaba con la bola que me perseguía por la casa.

Las viejas desataron a Yolk, que se derramó sobre el piso. A Ivana le dio risa, una risa loca; parecía uno de esos juguetes pegajosos que se ponían de moda unos meses hasta que alguna alarma mediática avisaba de que eran tóxicos.

—Ay, abrile la puerta al anteojudo y que salgan los dos,

total ya está –dijo la dueña–. No sé para qué quieren conocer si después se ponen así.

Yolk gritó algo y de alguna manera logró incorporarse y poner la cabeza sobre las piernas de Ivana. La tenía llena de llagas y ella sintió cómo la sangre, el pus y la baba le empapaban la pollera. Las babosas, pensó, le tengo que tirar uno de esos tés, té con limón. Lautaro abrió la puerta y afuera era de noche, cuánto tiempo había pasado, pensó Ivana, y se sacó con un movimiento brusco la cabeza del gusano de la pollera. Pero Yolk no era indefenso. La siguió hasta afuera arrastrándose a gran velocidad, y ella, una vez en la calle, dejó que el agua la empapara para sacarse las secreciones de Yolk del regazo y de las manos: las tenía pegajosas de sangre, pero no recordaba haberlo tocado, ni haberse tocado la pollera manchada. Gritó el nombre de Lautaro, pero la cortina de lluvia, impenetrable, no le dejaba ver nada ni tampoco sentir nada más que las gotas sobre su cuerpo y su cara. Intuyó unos movimientos y quizá un grito de Lautaro, sus pies arrastrados. Pero quizá lo imaginaba. No había ni una luz ahora en ese pueblo antes tan iluminado y ella tenía los ojos llenos de agua. Y después de ese forcejeo real o imaginario ningún otro ruido salvo el de la lluvia en los árboles y, lejos, el pitido de un tren con su escandalosa locomotora que chirriaba sobre los rieles.

OJOS NEGROS

> *In the end, every last of us must glimpse the Minotaur in the maze.*
>
> RICHARD GAVIN,
> *At Fear's Altar*

Aunque no los contaba, podía jurar que cada noche había más. Durante el día casi todas las personas sin techo de plaza Congreso y alrededores se esfumaban: andaban trabajando en venta ambulante o iban de comedor en comedor, algunos incluso buscaban trabajo o un hotel, otros querían estirar las piernas, comprar droga, conseguir vino. Pero de noche, cuando llegábamos nosotros con la cena, las mantas y unas duchas de camping para quien las pidiera (en invierno no tenían mucha salida, aunque el agua estaba bastante calentita), regresaban todos y se sumaban muchísimos que andaban sueltos por el centro. Más de cien seguro, porque siempre llevábamos unas ciento cincuenta viandas y se acababan, a pesar de que algunos pedían dos porque se habían pasado el día durmiendo y sin comer. Llevábamos colchones, a veces, pocos, siempre por donación, y conseguían dueño de inmediato porque la mayoría dormían sobre su propia ropa, o se encontraban con que, a pesar de las promesas, la supuesta camaradería y los esfuerzos, alguien se lo robaba.

Una vez asistí con mi compañero Julián, que ahora trabajaba en zona norte, a una pelea por el robo de un colchón. Cuando el robado lo encontró, enseguida sacó un cuchillo Tramontina y, antes de que pudiéramos pararlo, le había metido tres puntazos en el vientre al ladrón. Había sangre por todos lados, los que querían ayudar se resbalaban en lo que salía del chorro: le había dado en una arteria. El hombre, muy joven, no se murió por eso sino por una infección: tenía VIH y no se medicaba. El otro desapareció: la policía llegó tarde y le dio tiempo a escapar. Casi decido no volver después de ese día, pero Julián me aconsejó bien. No te tomes una semana, me dijo, porque te das manija y entonces el cagazo se vuelve intragable, un carozo de durazno. Volvé mañana o cuando te toque, y trabajá tranquila. Tenía razón. Me tocaba en dos días y, cuando volví, no sentí miedo ni estaba más nerviosa: después de todo, yo no robaba los colchones.

Ahora mi compañera más habitual era Flora, una chica de Burzaco bajita y siempre vestida de colores claros, muy linda y con algo triste en la sonrisa. Me caía bien pero me llevaba mejor con el chofer, de sobrenombre Chapa, que estaba menos loco que su apodo y ayudaba con un entusiasmo excepcional; además de que le caía bien a la gente, tenía un trato amable sin exagerar y era muy dulce. Sabía a qué chico se le podía acariciar la cabeza y cuáles necesitaban la cena urgente porque se desmayaban de hambre. Se llevaba aparte a una pareja si veía que ella estaba embarazada y le daba consejos al pibe, cosa que nosotras no hacíamos, porque siempre nos encargábamos de que las mujeres fuesen a controles o de que nos contasen si no querían el bebé ahora que el aborto era legal, pero seguía siendo difícil acceder al procedimiento para una mujer no solo pobre, sino que vivía en la calle; rara vez teníamos en cuenta a los padres o compañeros.

214

No sé cómo actuaban las demás unidades, pero nuestro método era el que considerábamos menos brutal: las largas colas nos resultaban carcelarias y además solían disparar peleas si alguien se adelantaba o no quería respetar el lugar de los otros, de modo que les entregábamos las viandas, en general calientes, a cada uno: nos acercábamos nosotros. Para los chicos había especiales. Cuando yo empecé a trabajar, usábamos una olla popular y cada uno su plato, porque no quedaba otra, pero ahora que lo pagaba todo una ONG (costó dejar de trabajar para el Estado, pero la ineficiencia era tal que al menos yo preferí tragarme alguna práctica corrupta de mis jefes) había porciones abundantes. Al llevarlas de mano en mano no solo se evitaba el efecto humillante de la coreografía de la necesidad, sino que nos permitía conocer a la gente. Y aunque éramos solo tres (con el gobierno éramos más, pero, claro, trabajábamos como voluntarios: ahora pagaban) había algo en pasar mucho tiempo con la gente que nos ayudaba. El gobierno todavía nos daba mantas: algo es algo. Y se ocupaba de las donaciones de colchones. Al menos habían reabierto los refugios después de la pandemia, más no se podía pedir, la verdad, todo estaba en tambaleo al borde del derrumbe.

La noche de los chicos fue igual a las demás. No hacía frío: la ducha tuvo más aceptación aunque nos quedamos cortos de jabón y la gente terminó lavándose con detergente. Vimos los resfríos de algunos bebés y aconsejamos si ir al hospital o no. La pierna de Pepo, diabético, estaba bastante fea (yo creía que la amputación era cuestión de tiempo). Le cambiamos el colchón a Liliana, que otra vez se había hecho pis borracha. El Chapa sugirió que se lo cubriéramos con un nylon engrampado: más valía el gasto que pedirle que dejara de chupar, eso era imposible. Como siempre, dijimos que no cuando pedían cigarrillos y encendedores. Si se prendían fuego, la culpa iba a ser nuestra. Flora repartía botellas de agua y, esa noche, chocolate caliente, muy festejado. Yo repartí algunos libros que habían pedido. No todo era dulce y pobre gente buena: un par de hijos de puta violaban de noche o toqueteaban, había algunas brujas bien temibles que, yo sabía, hacían trabajos detrás de la palmera, y estaban los perturbados que uno podía entender y compadecer, pero además de cortarse ellos mismos, los brazos por lo general, muchas veces empezaban peleas que terminaban con heridos. Esa noche había una chica nueva, casi adolescente, debía tener veinte, que había zafado de perder el ojo por milagro y por defenderse de uno de estos tumberos ingobernables. Yo a veces hasta dudaba de darles de comer, por mí se podían morir de frío. Flora era exageradamente comprensiva: era su formación de militante en barrios, no solo de asistente, como yo, que venía de una familia de enfermeras.

La ducha había quedado pringosa de mugre y el Chapa agitó la mano bajo la nariz para hacernos entender que el nivel de peste era alto. No sé por qué no usaban los refugios de la ciudad, especialmente los más nuevos (a los curtidos ya no les importaba estar sucios). Se contaban demasiadas historias de esos lugares. Algunas violentas, otras paranormales. Decían que uno de los lugares era un excuartel. Flora, que conocía bien la ciudad aunque vivía en provincia, decía que no, que el cuartel estaba cerca pero no era el predio que se usaba como refugio. Lo que sí: la morgue estaba al lado. Muchos hablaban de manos que los tocaban de noche. Qué diferencia había entre una mano fantasma y los peligros de la intemperie real, me preguntaba yo, pero no decía nada. También tenía mis miedos. Así como Flora tenía sus silencios y sus tristezas, que respetábamos. Yo la veía llorar, o la escuchaba, y algunas veces era de pena y compasión, pero otras lloraba porque estaba conmovida y sensible. El Chapa me había dicho que vivía en Burzaco porque estaba acompañando a su hermano en un tratamiento. Una quimioterapia, dijo el Chapa, y se santiguó, y yo le pegué un codazo en las costillas para que no fuese un tarado, como si las enfermedades se pudiesen evitar con rezos. No sabía mucho de los padres, pero sí que estaban muertos. Eso es saberlo todo, pedazo de bestia, le dije al oído. Son huérfanos y el hermano se está muriendo, claro que está sensible. Me extraña que trabaje acá, es deprimente. Flora es buena persona, no como vos, que sos una yegua. Me reí. Un pedazo de yegua dirás, y le pasé las tetas por la cara.

Me gustaba el Chapa, la verdad, y no sé si era mutuo, pero estaba segura, sin duda alguna, de que era uno de esos chongos que, si una mujer los seducía, eran incapaces de decir que no.

Como siempre, hicimos la ronda con las bolsas de basura negras para que la gente tirase los platos, los cubiertos y lo que necesitaran desechar, en general pañales y toallitas de menstruación. Casi nada más: guardar cosas era lo fundamental, nada sobraba. Nosotros no repartíamos ni jeringas ni pañales ni objetos de higiene íntima: también podían causar peleas. Si otra ONG se los proveía era una cuestión diferente, y muchas de esas cosas, incluidos preservativos –que nadie usaba, igual–, se las podía dar el hospital. Flora había insistido en sumar esos ítems: a lo mejor había manera de hacerlo con alguna lógica de cantidades mínimas que no promoviera el saqueo.

Subimos las bolsas, cerramos la ducha y miramos las viandas sobrantes: había apenas seis. La cantidad seguía siendo de unas ciento cincuenta personas, pero que se mantuviera en esa cifra no era un alivio, era una meseta que solo podía crecer.

El Chapa preguntó si podía encender un cigarrillo y le dije que sí. Ya estábamos casi listas. Flora se puso a armar un porro y yo me cerré la campera y me solté el pelo, con las manos limpias, higienizadas con alcohol. Tenía frío y me sentía rara. Me había parecido ver algo acercarse a la camioneta, pero debían ser perros.

Cuando el Chapa puso en marcha la camioneta, escuché los golpes en el vidrio de atrás. Miré por la ventana. No abrí. Sabía por experiencia que esos minutos antes de la partida podían ser complicados. Alguien que reclamaba una segunda vianda, alguno que había llegado tarde al reparto y estaba enojado, otro que quería ser llevado a algún lado, alguna mujer furiosa porque tenía problemas de salud y no le habíamos traído la comida apropiada. O cosas peores. Un robo, alguien medio chiflado, violencias de madrugada. De vez en cuando, si solo se trataba de uno que llegaba tarde, le dábamos su vianda, pero primero tenía que asegurarme.

Había dos chicos afuera. Al principio me alivié, pero después los miré bien y el miedo que sentí no pude explicarlo después y no pude explicarlo entonces y no puedo entenderlo ahora. Estaban *mal*. Eran el Mal. No hay palabras para la sensación que producían. Yo no soy supersticiosa. Sé que hay cosas raras y que mucha gente las cree, pero me resultan ajenas, pura incredulidad. Pero esa noche el cuello se me endureció al instante y entendí a qué se refería la gente con piel de gallina, con escalofríos de terror, con los pelos de la nuca erizados. Eran dos chicos, de unos seis u ocho años, uno de cabello oscuro y el otro de color cobre. Los dos estaban peinados con raya al costado y gomina o gel: hiperprolijos, como niños antiguos. Y la ropa también estaba equivocada. Les alcancé a ver los mocasines y los jardineros de tela marrón sobre camisas blancas, como tiroleses. No parecían disfrazados, sino inadecuados. De otra época. Pero no eran fantasmales. Carne y hueso, piel que se veía en sus detalles bajo las luces de la calle, el más grande moreno y el más chico pálido. No flotaban ni eran transparentes, solo estaban demasiado quietos. No parecían hermanos.

A pesar de que me temblaba todo el cuerpo y el vientre me gritaba que no lo hiciera, abrí una ventana. Estaba segura, pero la razón me decía que podía equivocarme. Quería equivocarme.

El moreno dijo:

—Señora, ¿sería tan amable de dejarnos entrar en su vehículo? ¿Puede abrirnos la puerta?

¿Qué chico de ocho años que vive en la calle habla con esa corrección?

—¿Arrancamos? —preguntó el Chapa a los gritos.

—Dame un segundo —contesté. Flora seguía sentada con su porro, que armaba con lentitud al lado de una de las bolsas de basura. No me prestaba atención.

—¿Quieren comida? Ya les paso.

Se miraron sorprendidos, como si el truco no les funcionara. Yo temblaba tanto que me castañeteaban los dientes. Flora preguntó qué me pasaba y le dije que tenía frío y que me alcanzara dos viandas.

—Por favor, señora, déjenos ingresar al vehículo —dijo el más bajo, no sé si llamarlo el menor.

Flora quiso saber si eran nenes. No le contesté porque no podía hablar demasiado y, además, porque no lo sabía. Decir que tenía la boca seca sería una estupidez. No era una boca. Era un desierto al mediodía. Me costaba respirar por la velocidad en las inhalaciones, hiperventilaba. Jamás me había sentido así, ni cuando un ex me amenazó con un cuchillo en una quinta, los dos solos. De ese ex me podía defender. Podía hablarle. Podía escapar. Estos chicos, lo sabía con una certeza de enorme lucidez, iban a traer algo peor que la muerte si les abríamos.

–¿Por qué quieren entrar? –alcancé a decir, como en un trance.

–Son dos pibitos, abriles –dijo Flora, levantándose a ver.

–Dejame manejar esto –le gruñí.

Y ella, con su buena conciencia:

–¡Son pibes!

Entonces el más grande levantó la cara y le vi los ojos. Eran negros. No había esclerótica, ni pupila, ni iris; eran relucientes y de obsidiana. Como si estuviese ensayado, el otro también levantó la cabeza. Tenía dos huecos negros donde debían estar los ojos, pero los agujeros reflejaban las luces y me reflejaban a mí.

Flora estaba a mi lado. Cuando la vieron, bajaron la cabeza haciéndose los modositos.

–No estamos armados. No podemos entrar si no abre la puerta. No lo haga difícil.

Cuando vi que Flora amagaba a abrir, la empujé de una manera bestial, la cabeza le dio contra el metal de la camioneta, y me gritó «qué te pasa» además de un rosario de insultos. Se levantó rápido y, cuando le cerré la ventana en la cara a uno de los chicos, le escuché decir con su voz sin inflexiones:

–Nuestra madre vendrá a recogernos después. Esto terminará pronto.

–Arrancá. ¡Rápido! –le grité al Chapa.

Me hizo caso. Percibió el horror en mi voz, que a mí también me sonó distinta, destemplada.

–¡Eran pibitos! ¡Estás loca! –me gritó Flora.

La agarré de su remerita celeste con flores de pelotuda buena persona.

–Tenían los ojos muertos, nena. Muertos.

–Ay, por favor.

–Una mierda por favor –grité, y me puse a llorar como una criatura.

El Chapa nos avisó:

–Alguien está corriendo la camioneta, me parece.

Flora y yo nos asomamos. Ella, solo por sostener su berrinche de superiora moral, dijo que le parecían perros. Eran los chicos. En cuatro patas. Pero no corrían como primates: eran arañas veloces, los culos flacos para arriba, nada humano en sus movimientos. El Chapa miró para atrás antes de acelerar por Callao y coincidió:

–Pero qué mierda son esos bichos.

–Pibitos, dice acá la señorita.

Flora lloró y el Chapa, asustado, le dijo que ningún pibito corría a la misma velocidad que una camioneta. Ni un pibito recargado de paco.

–Entonces serán perros –dijo ella.

El corazón me latía tan fuerte que estaba mareada y la velocidad del Chapa no contribuía, pero si me desmayaba era eso nada más, un desmayo, no lo que traían en sus manos y en los ojos esos pendejos visitantes. «Esto terminará pronto», habían dicho. El Chapa se metió por Córdoba, donde estaba la oficina central de nuestra ONG y, a pesar de los rezongos de Flora, no nos dejó bajar hasta que entró la camioneta en el garaje y cerró la puerta. Yo me había meado encima y tenía el cuerpo cubierto de sudor. Flora, decidida y con la sien sangrando, dijo que ya mismo teníamos que hablar con el jefe.

Estaba en la ONG, el jefe. Siempre se quedaba hasta

221

que volvíamos. No sé si era un buen tipo. Nos recibió enseguida cuando vio la sangre de Flora y mis temblores, mi palidez, mi propia sangre de tanto morderme el labio, la mancha de pis en mis jeans. Pensó, con razón, en un ataque. Flora le contó su versión y después hubo un silencio, o mejor, un zumbido. Escuché que algo raspaba la puerta del garaje y por primera vez desde la infancia me puse a rezar.

–Mirá, Juan Pablo –le dije al jefe, que siempre nos insistía «usen mi nombre». Era abogado–. Yo lo único que sé es que si esos pibitos, como los llama Flora, entraban, nos mataban. O peor. Y punto. Tenían los ojos negros. Negros como de insecto, no ojos oscuros, ¿me entendés?

Juan Pablo dijo que le sonaba a película de terror berreta. O a que yo estaba estresada.

–Ojalá –le dije, y acepté un pañuelo de papel para el labio.

Cruzó los brazos y dijo que no iba a echarme. Que mi trabajo siempre había sido impecable. Que descansara. Lo llamó al Chapa y le preguntó qué había visto, y él, leal y buen tipo como era, describió a esos niños araña:

–No eran perros, *boss*. Le juro. Les vi mocasines.

El *boss* nos declaró sugestionados y nos dio a los tres días francos hasta la semana siguiente. Flora se hizo la valiente y se subió a su coche para volver al Sur, sin mirarnos, ofendida porque abandonamos a su suerte a dos pobres niños indefensos. Yo me colgué del brazo del Chapa y le dije que no podía pasar la noche sola, que tenía dos camas en mi departamento para cuando venían amigas o mi vieja, y que, por favor, me acompañara porque no sabía si era capaz de negar la entrada a los chicos si tocaban a la puerta. Tenían algo hipnótico también. Sabían que, al final, la muerte era el descanso. El Chapa accedió. Él también miró para ambos lados en la avenida Córdoba para ver si estaban los pibitos de ojos negros. Llamó a un auto con la app a pesar de que era más caro que el colectivo o que, obviamente, caminar: yo vivía cerca, en Almagro. Esa noche se había abierto el infierno y él, aunque con menos certeza que yo, se daba cuenta.

–La próxima le tenemos que preguntar a la gente si los vieron. Pero dejame a mí, porque sos muy directa y la gente se asusta, se pone supersticiosa, ¿viste?

Nos compramos una pizza frente a mi departamento, yo me bañé y no volvimos a salir hasta el martes siguiente. Fue un fin de semana de llantos y desayunos y ver series y dejarnos los labios medio dormidos de besos. Hay algo que se llama «fatiga paranormal». Lo escuché en un podcast de fantasmas. Muchas veces, cuando la gente ve fantasmas o tiene encuentros con algo sobrenatural, en vez de asustarse, se va a dormir, por ejemplo. O sigue con sus tareas como si nada. O, si se asusta mucho, a las pocas horas se compra un helado y hace como si nada hubiese pasado. Creo que ese fin de semana sufrimos un poco de esa fatiga, aunque ni nos asomamos a la calle y pedimos todo por delivery, hasta los cigarrillos. Y nos enamoramos. Al menos yo. El Chapa era más misterioso de lo que parecía.

Cuando volvimos a la ONG a cargar la comida, Flora no estaba. Esa noche nos acompañaría un chico nuevo, de unos veinticinco años, hippie de camisa floreada abierta, colgante de rodocrosita y pulsera de cuero, los rulos sobre la frente y un solo aro pirata. El Chapa resopló. Los hippies le daban odio. Pero el chico, que tenía el raro nombre de Humberto, era tímido y aprendía rápido. El jefe dijo que Flora no había venido, no atendía el teléfono, pero que, teniendo en cuenta la situación de su hermano, no lo sorprendía. Nos presentó a Humberto como el primo de una persona importante para la ONG y me puso las manos en los hombros y me dijo: es duro este trabajo. A veces pasan cosas, no te des manija.

No le contesté, apenas una sonrisa. Estaba nerviosa. El enamoramiento me había suavizado los bordes del miedo, pero la reacción de correr ante el peligro estaba ahí, bien lista, bien atenta. Yo no sabía qué eran esos chicos de ojos negros, pero sí intuía de lo que eran capaces; hay sensaciones que no tienen palabras, y la forma en que me «miraron» fue exactamente eso: un mensaje mudo desde un lugar sombrío. Uno sabe si su hijo dejó de respirar en la cama. La mirada de alguien sobre nuestro cuerpo cuando creemos estar solas es una sensación clarísima. El peligro en la sonrisa de un hombre cuando entiende la superioridad de su poder físico es animal. El fuego quema. En la nieve resbalarse es lo normal, por eso hay que dar pasitos. El encuentro con estos seres de ojos negros no debe repetirse. Y eso es todo.

El Chapa se quedó charlando con grupitos cuando dio su ronda de ayuda. Dos por tres me miraba, para chequear cómo y por dónde andaba, y para darme a entender con pocos gestos que nadie le decía algo relevante. Yo miré varias veces sobre mi hombro y hasta una de las chicas me dijo: esta noche estás saltarina, che. Después el Chapa me lo confirmó. Me senté en el asiento de adelante, a su lado, cuando nos íbamos. Había estado bien durante el reparto, dentro de todo; hasta me descostillé de risa con el hippie Humberto cuando casi se nos cae un colchón en la fuente. Pero estuve bien porque la sensación de la presencia de los chicos de ojos negros no se parecía a nada. No podía compararlo con ver un arma debajo de una almohada, o la sacudida de una rata entre las bolsas de basura o el graznido horrible de algún pájaro nocturno. Ni con el ladrido de un perro hambriento o el llanto de un chico que había sufrido algo sin nombre. No era ese tipo de miedo o repulsión. Era el miedo de la frialdad de un panteón, de descubrir la sangre que empapa una cama vacía, de ver la locura en los ojos de alguien a punto de ahorcarse. Era ver detrás del muro del sueño.

La vuelta, lo de siempre. La despedida y las gracias a Humberto. Pero el Chapa estaba inquieto, culposo. Decía que estuvimos mal con Flora, que él no desconfiaba pero porque había visto las arañas esas, que ella era una buena piba. ¿Qué querés, ir a Burzaco?, dije. Ahora de noche, ni a palos, no soy Conan. Pero mañana, después de desayunar, podemos. Tengo la dirección y conozco el barrio, nací en Longchamps y mis viejos viven ahí.

Era lo primero personal que me contaba.

Desayunamos antes de salir para provincia y el Chapa notó mi mala cara. Había dormido mal o, mejor dicho, no había dormido. De ninguna manera había sentido algo parecido al miedo producido por los ojos negros, pero la noche fría estaba tan quieta, tan amenazante, que me quedé en el living a ver tele con los auriculares mientras el Chapa dormía. No a pata suelta, tampoco. Lo sentía murmurar y dar muchas vueltas.

–Estuve buscando en YouTube sobre los pibes –empezó a decir.

–No –le di un beso en la mano–, no me cuentes nada. Prefiero pensar que nunca existieron.

–Yo no creo que te puedas olvidar.

–Me olvidé de muchas cosas horribles, ojo, eh.

OK, me dijo, y entrelazamos los dedos. Después nos

225

fuimos para el Sur. Yo nunca había ido, soy del Oeste, y el Chapa me dijo: es aburrido. Hipólito Yrigoyen derecho. Nada para ver tampoco, era verdad. Supermercados y pizzerías y parrillas y fábricas abandonadas y algún club, todo gris y descuidado e idéntico, seguro adentro en los barrios y las villas había vida, pero en la avenida nada, cemento del páramo; preferí no mirar más y buscar algo en la radio. Los silencios con el Chapa no eran incómodos. Una buena señal.

Llegamos en poco más de una hora a lo de Flora. La casa era linda, bien clase media conurbana, con un patio grande adelante, macetas, reja alta (antes seguro era baja, como en mi Oeste, pero ahora los afanos obligaban a tomar medidas), piedra Mar del Plata, tejas, puerta de madera. Una casa de los setenta, la de los padres muertos, bastante triste. No le habían puesto ninguna onda afuera, apenas algunas plantas medio mustias en los canteros. Era entendible. El Chapa fue a tocar el timbre y se quedó en seco: la reja estaba abierta, pero era una abertura sutil. Una hendija. Tenía la mínima apertura deliberada, una señal. Sé lo que sintió. Yo no salí del auto porque también lo sentía. Era como me imaginaba la radiación. Silenciosa y cancerígena, rompiendo todo por dentro, sus vibraciones inaudibles para un humano. ¿Gritarían los chicos de ojos negros? Miré la puerta de entrada, la de madera, y también estaba entreabierta.

–No entres –le dije al Chapa, bajando la ventanilla. No quería gritar ni hacer un escándalo.

No me hizo caso. Yo no iba a seguirlo ni entrar a buscarlo si no salía. Eso estaba muy claro para los dos. De heroína, yo, nada. De amor, bueno, tampoco hasta la muerte. Me hizo una seña con la mano y dejó las dos puertas muy abiertas, supongo que para salir rápido.

Algo me sacó de la camioneta, el propio miedo. Yo no sabía manejar y tuve terror de quedar encerrada, de que me tocaran el vidrio los chicos de ojos negros. Prefería estar en la vereda y correr. Miré la persiana baja de la casa y de nuevo percibí un signo: estaba apenas abierta, y de costado. Como cuando se rompen y se caen, y se les pone algún tope para mantener una pequeña abertura y que después no resulte imposible levantarlas. No debía mirar, pero lo hice. Los chicos también eran un imán, y eso era parte del problema. Lo que mantenía esa abertura en la persiana eran dedos. Dedos de pie, o quizá un pie, pero yo no podía ver más que los dedos, color gris y con las uñas pintadas de rojo. Cinco dedos, humanos, las uñas largas pero no garras: uñas. El pie estaba gris no se por qué. Muerto, mugre, no sé. Grité y el pie se retiró. El ruido de la pesada persiana al caerse fue como una bomba en la cuadra tranquila. La puerta abierta no mostraba signos del Chapa, pero algo salió de la casa, rodando como una pelota: era un sachet de leche. Qué raro, pensé, y ni bien retrocedí el sachet explotó; la leche era color rosado, no sangre tampoco, tripa, no sé qué. El Chapa salió corriendo después de eso y me levantó del suelo, me llevó en brazos hasta la camioneta. Sus pasos sonaban pegajosos, como si hubiese caminado sobre Coca-Cola derramada. Se subió al coche agitado, el cuello rojo, las venas palpitando y los ojos locos, la voz un rugido bajo. Arrancamos y yo todavía no había salido de sus brazos, así de decidido estaba. El motor era el único ruido en el barrio que, me di cuenta, estaba totalmente silencioso. Todas las casas tenían las persianas bajas, las puertas cerradas, no había ni un perro, ni un pájaro sobre los cables de luz, ni el ruido de un colectivo lejano, ni un negocio abierto: desde donde estábamos se

.

veían los carteles de un supermercado y un kiosco con las persianas bajas.

–Flora los dejó entrar –dije–. La vinieron a buscar y los dejó entrar.

No le pregunté a él qué había visto. Entendí que si lloraba conmigo al lado lo que sentía era insoportable. Aceleró tanto que tuve miedo de que rompiera el auto, de que se saliera un neumático, cualquier cosa que nos dejara varados cerca de esa casa triste en ese barrio del Sur, con la desolación que habían dejado atrás los chicos de ojos negros, con lo que quedaba de Flora y su hermano moribundo pegoteado sobre las paredes.

AGRADECIMIENTOS

Como siempre, escribí este libro con algunas canciones y algunos discos de compañía. Cuestiones de derechos hacen que resulte imposible citarlos como epígrafes, pero fueron «Troy», de Sinead O'Connor; «Lonely Girls», de Lucinda Williams; «Black Beauty», de Lana del Rey y sus discos *Ultraviolence* y *Blue Banisters*; *America's Sweetheart*, de Courtney Love; *Skeleton Tree* y *Ghosteen*, de Nick Cave & The Bad Seeds, en especial la canción «Hollywood»; Caleb Landry Jones, en particular la canción «Touchdown Yolk»; Lingua Ignota y Mayhem; *Folkore*, de Taylor Swift; «Carrion Flowers», de Chelsea Wolfe; «In the Shadow of the Horns», de Darkthrone; «Because the Night», versión de Patti Smith Group; «Breakdown», de Suede; «Corona de caranchos», de Gabo Ferro y Sergio Ch.; «All Tomorrow's Parties» y «Venus in Furs», de The Velvet Underground.
Gracias a Paul, Ariel, María y Silvia.

ÍNDICE